Dorthe Nors · Die Sonne hat Gesellschaft

DORTHE NORS

DIE SONNE HAT GESELLSCHAFT

Aus dem Dänischen
von Frank Zuber

KEIN & ABER

Ebenfalls von Dorthe Nors:
Rechts blinken, links abbiegen

Die Geschichte »Auf einem Hochstand« erschien erstmals 2017 in *The Dark Blue Winter Overcoat & Other Stories*, Pushkin Press, 2017, und 2018 in *A Public Space*, USA. »Hygge« erschien im August 2015 auf Longreads.com und im April 2016 im *Harper's Magazine*, USA. »Am Bahnhof Südwest« erschien 2008 im Novelleforlaget und im Juni 2016 in *Tin House*, USA. »Die Gefriertruhe« erschien im Mai 2015 in *The New Yorker*, USA.

Die Originalausgabe erschien 2018 unter dem Titel
Kort over Canada bei Gyldendal, Kopenhagen

Deutsche Erstausgabe

Coverillustration: Maurice Ettlin
Satz: Fotosatz Amann, Memmingen
Druck und Bindung: CPI – Ebner & Spiegel, Ulm
ISBN 978-3-0369-5823-1
Auch als eBook erhältlich

www.keinundaber.ch

Inhalt

Es ist immer möglich,
sich ein Stück weiter zurückzuziehen.

AUF EINEM HOCHSTAND

Es ist nur eine Frage der Zeit. Früher oder später kommt jemand vorbei. Selbst Feldwege wie dieser sind nicht ewig menschenleer. Der Hof, an dem er zuletzt vorbeiging, muss bewohnt sein. Irgendwann gehen die Leute spazieren. Bestimmt ist das der Hochstand des Bauern, und es ist nur eine Frage der Zeit, bis es regnet. Die Vegetation da unten ist trocken. Ein paar Büsche und etwas Heidekraut. Rechts ein Dickicht, links beginnt der Acker. Der Hohlweg ist nicht umsonst da, hier kommt ab und zu jemand vorbei. Schließlich ist er auch hierhergekommen. Vor einem Tag, aber es erscheint ihm länger. Daran ist seine Lage schuld. Gut möglich, dass der Fuß gebrochen ist, aber vielleicht ist er auch nur verstaucht. Der Schmerz kommt und geht. Auf jeden Fall ist der Fuß geschwollen. Jetzt sitzt er hier und hat kein Telefon dabei. Sie ist sicher schon völlig aufgelöst, das kann er sich gut vorstellen. Wie sie mit seinem Telefon in der Hand herumläuft. Draußen in der Waschküche. Da steht sie mit dem Telefon in der Hand und schimpft, dass er es nicht mitgenommen hat. Bald wird die Polizei gerufen. Vielleicht ist es längst geschehen. Bestimmt haben sie im Lokalsender gesagt, dass er siebenundvierzig ist, einen BMW fährt und das Haus in aufgewühltem Zustand verlassen hat. Der Gedanke daran macht ihn wahnsinnig, besonders das Letzte, er ist nicht aufgewühlt. Sie soll nur nicht jeden Streit gewinnen.

Heute Nacht hat etwas im Wald geschrien. Wahrscheinlich Eulen, vielleicht auch Füchse. Jemand hat hier draußen Wölfe gesehen, und bestimmt ist Lisette schon bei ihr. Lisette sitzt auf dem Sofa und saugt alles mit ihren großen Augen auf. Er ist so müde. Seine Kleidung ist feucht, er hat fürchterlich gefroren in der Nacht. Über ihm kreisen schwarze Vögel, wahrscheinlich Krähen, und sie läuft im Garten herum und findet keine Ruhe. Im Frühling hat er den

Dachüberhang gestrichen. Es ist ein schönes Haus, aber sie will es verkaufen. Er mag das Haus, aber sie will etwas anderes. Wenn sie etwas anderes will, kann er nichts tun. Erst vorgestern wollte er seinen Bruder anrufen, aber diesen Kampf hat er auch verloren. Lisette darf immer zu Besuch kommen. Sie steht ständig bei ihnen in der offenen Küche und telefoniert. Lisette hat ein großes Netzwerk, trotzdem hängt sie meistens bei ihnen herum. Er hat nur noch die Kinder, im Prinzip. Sie kommt schon längst nicht mehr zu Familienfesten von seiner Seite. Irgendetwas stimmt nicht mit seinen Eltern, findet sie. Und mit der Freundin und den Kindern seines Bruders, besonders aber mit seinem Bruder. Sein Bruder sät Zwietracht, sagt sie. Weil er einmal gesagt hat, er solle sich scheiden lassen. Weil er sowieso jeden Streit verliert, hat er es ihr erzählt: *Mein Bruder findet, ich sollte mich scheiden lassen*, und deshalb ist es nicht das erste Mal, dass er allein in den Wald gefahren ist. In den letzten Jahren hat er das oft getan. Manchmal nur, um in Ruhe mit seinen Eltern oder seinem Bruder zu telefonieren. Dann muss er keine Ausreden erfinden.

Er sitzt auf einem Hochstand, und das Licht hat sich verändert. Nebel ist aufgezogen. Er kriecht über die Sträucher voll Krähenbeeren auf ihn zu. Es wird also schon wieder Abend. Er wollte allein sein, das hat er erreicht. Ungefähr siebzig Meter vor dem Hochstand ist er falsch aufgetreten und hat sich den Fuß verknackst. Zuerst der Schmerz, dann die Socke aus. Hat er um Hilfe gerufen? Ja, am Anfang ein wenig, aber dann wurde es dunkel, und er beschloss, den Hochstand einzunehmen.

Er zählt die Entfernungen zwischen den Dörfern zusammen. Ungefähr hundertsiebenundzwanzig Kilometer. So weit ist er von der Waschküche entfernt, wo sie jetzt auf sein Telefon starrt, aber Lisette ist bestimmt da. Sie spielt ihre Rolle als Trösterin, Mitverschworene und Sklavin, ja, Lisette ist auch ihr Sklave, aber ein Sklave mit Privilegien. In der Nacht hat er Schreie im Wald gehört, sicher ein Fuchs, aber jemand hat hier draußen Wölfe gesehen. Die Jäger stellen Wildkameras auf, um die Tiere aufzuspüren, die sie schießen wollen. Oder die Bauern wollen wissen, wer ihre Rüben frisst, obwohl es fast immer Rotwild ist. Aber eines

Morgens starrt plötzlich so ein Wolf in die Kamera. Das hat er in der Zeitung gelesen, aber Wölfe können nicht klettern, und es ist nur eine Frage der Zeit, bis sie neben der Waschmaschine zu Boden sinkt und die Hände um die Knie schlägt. Er hat sie seit Jahren nicht weinen sehen. Sie weinte nicht einmal, als ihre Mutter starb. Ihr Gesicht kann sich einem Gefühl verschließen wie die Klappe einer Kühltruhe über einem Terrarium mit Stabheuschrecken. In der siebten Klasse hatte er welche gehalten. Sie waren ziemlich langweilig, und der Biologielehrer sagte, er solle sie einfach in die Kühltruhe stellen, dann würden sie sterben. Er schaute sie lange an, ehe er die Klappe schloss. Sie wippten auf und ab und sahen aus wie kleine Zweige. Als er sie am Tag darauf herausholte, waren sie stocksteif. Sie sahen aus, als hätten sie nicht gelitten. Jetzt muss er an sie denken: die perfekte Illusionsnummer, genau wie sie. Vielleicht hat sie keine Gefühle. Sie hat viele Hobbys, aber er weiß nicht, ob sie Gefühle hat. Er ist sich sicher, dass Lisette in diesem Augenblick bei ihnen in der Küche steht. Lisette sitzt auf der Bettkante, sie geht mit den

Kindern auf Studentengelage, sie kommt mit in die Ferien und fuhr jahrelang ihre Tochter zum Handballtraining. Sie hat kurze Beine und einen Führerschein, und inzwischen ist bestimmt die Polizei alarmiert. Er ist seit über vierundzwanzig Stunden verschwunden. In aufgewühltem Zustand, aber das ist nicht wahr. Er wollte nur einmal das Gefühl haben, dass er gewonnen hat, und jetzt hat er Aussicht auf Heideland in der Dämmerung. Seine Hose ist grün vom Moos und irgendetwas anderem. Die Bretter, auf denen er sitzt, sind von Algen zerfressen. Wenn sie solche Algen daheim auf der Terrasse hätten, müsste er sofort das Gift holen. Was hat er nicht alles gemacht an dem Haus, und jetzt will sie etwas Kleineres, aber ein Extrazimmer sollte es haben. *Ein Extrazimmer?*, fragte er. *Für Lisette*, antwortete sie, und da nahm er das Auto und ließ das Telefon liegen. Die Familie hat sich an seine Abwesenheit gewöhnt, er ist nicht mehr wie früher. Etwas hat sich über ihm geschlossen. Zuerst hat sie jeden Streit gewonnen, dann hat er sich ganz und gar auf ihre Seite gestellt. So hat er aufgehört zu verlieren, und sie hat aufgehört, ihn zu drangsalieren. Das war sein Plan, aber jetzt sitzt er hier. Nebel ist aufgezogen, es wird eine kalte Nacht, und jemand hat Wölfe gesehen.

HUNDE DER SONNE

Es ist lange her, aber einmal wohnte ich in einem kleinen Haus in Norwegen. Olav hatte mir davon erzählt, als unsere Beziehung noch warm war. Die Hütte sei das Sommerhaus des norwegischen Autors Knut Terje Aasbakken gewesen, hatte er gesagt. Jetzt sei sie ein Refugium für Schriftsteller. Von Olavs Heimatdorf führte ein schmaler Weg dorthin. Als Jugendlicher habe er sich manchmal hinaufgeschlichen, um heimlich die Schriftsteller zu beobachten. Sie wirkten so geheimnisvoll, hatte er gesagt und sein Gesicht in meinen Körper gegraben.

In dem Frühling, als unsere Beziehung immer mehr abkühlte, lud er mich in den Kongens Have ein. Ich nahm es nicht leicht und flehte ihn an, aber er wollte nicht mehr. Im Juli war ich nur noch ein Strich in der Landschaft, und ein Freund riet mir, ich solle verreisen. Da erinnerte ich mich an Knut Treje Aasbakkens Haus in Norwegen, das mitten im Wald auf einem Hügel stand.

Ich bewarb mich, bekam den Platz, und Anfang September reiste ich ab. Eine Frau aus dem Lebensmittelladen im Dorf fuhr mich zu dem Haus. Während wir in dem kleinen Golf den Weg hinaufkrochen, erzählte sie mir von der Gegend. Unterwegs kamen wir am Gemeindehaus vorbei. Sie sagte, es sei üblich, dass die Schriftsteller, die in der Hütte wohnten, dort Lesungen hielten. Ich schaute auf den Fluss im Tal, und dann setzte sie mich ab und gab mir die Schlüssel.

Am Abend stellte ich einen Stuhl vor das Haus und blieb draußen sitzen, bis ich vor Kälte zitterte. Am Morgen las ich meine mitgebrachten Notizen, ohne etwas zu schreiben. Später ging ich spazieren, oft hinunter ins Dorf. Ich las die Namensschilder an den Türen, und eines Tages kam ich an der Anschlagstafel des Gemeindehauses vorbei. TRACHTENKLEIDER, lautete die Überschrift, und darunter stand der Name von Olavs Mutter. Sie hieß Halldis und bot regelmäßig Nähkurse für ortstypische Trachten an.

Die Tage waren ewig lang, und nachts kam die Kälte. Ich lief in Aasbakkens Haus umher und kratzte Farbe von den Schranktüren. Im Wald schossen die Pilze aus dem Boden, und die Lesung im Gemeindehaus ließ sich kaum noch hinauszögern. Der Vorsitzende des Bibliotheksvereins kam mehrmals vorbei und drängte mich. An einem Abend im Oktober stand ich vor einem großen, gewobenen Wandteppich, las aus meinen Büchern und erzählte. In der Kaffeepause kam eine Frau mit kurzem dunklen Haar und einem inuitartigen Gesicht zu mir. Sie sagte: *Ich glaube, du kennst meinen Sohn. Er wohnt in Kopenhagen.* Ich muss sie angestarrt haben. *Er hat einen Artikel über dich geschrieben*, sagte sie. *Wer ist dein Sohn?*, fragte ich, obwohl ich die Antwort kannte.

So wurden Olavs Mutter, Halldis, und ich durch einen Zufall so etwas wie Freunde. Erst verabredeten wir uns zum Spazierengehen, dann ritten wir auf ihren Fjordpferden aus. Sie redete über die Landschaft, welche Spuren die Tiere hinterließen und wie der Winter werden würde. Über Olav sprachen wir nie. Ich erwähnte ihn nicht, und sie war diskret. Ich hatte den Eindruck, sie sei eine starke Frau, aber sie sorgte sich immer wieder darum, ob ich über sie schreiben würde.

Anfang November ritten wir zusammen in den Wald. Auf einer Lichtung sagte ich, dass die Aussicht gut für eine Anfangsszene geeignet sei. Sie sagte: *Ja, genau davor habe ich Angst.*

Sie sah auf ihre Hände, die die Zügel hielten, und ich dachte an Olav, sein Gesicht und ihres, und vielleicht lud sie mich an diesem Tag zum ersten Mal zum Kaffee ein. Jedenfalls weiß ich noch, dass wir die Pferde im Garten laufen ließen und uns in die Küche setzten. An der Pinnwand hingen Bilder von Olav und seiner Frau, und ich bin sicher, dass ich Halldis umarmte, als ich ging. Irgendwie muss mir der Abschied schwergefallen sein.

Trotz der etwas peinlichen Beziehung trafen wir uns weiter. Eines Tages, als wir nach einem Ausritt in der Küche saßen, kam Olavs Vater herein. Er setzte sich mürrisch zu uns, obwohl wir uns nicht begeistert zeigten. Halldis holte eine Tasse für ihn, und es war klar, dass er störte.

Er erwähnte mehrmals, dass er etwas gegen studierte Menschen hatte. Er war Schreiner, Olavs Vater. Sagte, wie wichtig das Handwerk sei, und zeigte auf den Tisch. Ich lobte den Tisch, und dann musste ich mir seine Werkstatt ansehen.

Wir gingen zu dritt dorthin, und am deutlichsten erinnere ich mich an das Foto einer nackten Frau, das er an die Wand geheftet hatte. Über der Tür zu dem Zimmer, in dem Halldis ihre Trachten nähte. Jedes Mal, wenn sie nähen ging, musste sie unter der nackten Frau hindurch. Was weiß man schon über die Beziehungen anderer Leute, aber im Stillen dachte ich, dass Halldis wahrscheinlich befürchtete, ich würde etwas über ihre Ehe schreiben. Sie kam mir schwierig vor, aber Halldis fand sie ganz normal, glaube ich. Jeden Tag ging sie unter der nackten Frau hindurch. Sie hing schon so lange mit gespreizten Beinen über der Tür, dass Halldis sie gar nicht mehr sah. Eher dachte sie an ihren Sohn in Kopenhagen. Seine Frau war hübsch und fleißig. Er interviewte bekannte Schriftsteller, und jetzt wohnte eine davon in Aasbakkens Hütte.

Es gab kein Telefon in der Hütte, deshalb bekam ich einen Brief. Ich habe ihn noch. Er war wütend, Olav. *Das hätte ich nicht von dir gedacht*, schrieb er.

In der Hinsicht war er nicht wie seine Mutter. Ich erinnere mich an einen weiteren Ausritt. Es war ein klarer Herbstmorgen, sie stand gern früh auf. Unterwegs kamen wir an einem See vorbei. Norwegische Seen kommen mir bodenlos vor, die Landschaft schüchtert mich ein. Das muss die Menschen hier prägen, dachte ich. Dann ritten wir in den Wald, wo es nach Pilzen und Moder roch. Als wir auf die Lichtung kamen, sagte ich wieder: *Schöne Szene für eine Geschichte,* und zeigte auf die Tierspuren am Boden. *Genau davor habe ich Angst*, sagte sie wieder. *Wovor hast du Angst?*, fragte ich, und wie immer antwortete sie, dass sie befürchtete, ich würde über sie schreiben.

Während wir weiterritten, sprachen wir über die Schönheit des Verfalls im Wald. Ich sagte, sie sehe aus wie ein Inuit und dass Olav ihre Züge habe. Sie lächelte, und in der Luft schwebten Raubvögel, Moos an den mächtigen Stämmen der Tannen. *Schau mal, das Moos*, sagte sie, und ich saugte alles in mich auf.

Eines Tages jedoch, als wir in der Küche saßen und Kaffee tranken und ihr Mann hereinkam und Aufmerksamkeit wollte, erzählte sie plötzlich eine Geschichte. Sie sah Olavs Vater an, fragte ihn: *Darf ich das erzählen?* Und er sagte nur: *Ja, erzähl ruhig.*

Zuerst dachte ich, dass sie ihn fragte, weil es seine Geschichte sei, oder weil er bestimmte, welche Geschichten man in dieser Ehe erzählen durfte. Auf jeden Fall erzählte sie, und zwischendurch legte sie immer wieder die Hand auf den Mund. *Nein, ich weiß nicht, ob ich das darf*, sagte sie und senkte den Blick von ihrem Mann in die Kaffeetasse. *Du musst doch nicht*, sagte ich.

Die Geschichte handelte von ihrer Cousine, die einen schlechten Mann geheiratet hatte. Dann starb er, und erst nach seinem Tod fand sie heraus, was für ein schlechter Mensch er gewesen war. Es ging aus Briefen hervor, die sie in seinem Nachlass fanden. *Aber du darfst die Geschichte nicht aufschreiben*, sagte sie, *davor habe ich Angst.* Ich sagte, sie solle sich keine Sorgen machen. *Der Mann deiner Cousine ist nichts Besonderes.* Sie fragte, ob ich andere Menschen wie ihn kenne. *Ab und zu begegnen mir welche*, sagte ich. Sie fragte, ob ich über sie schreiben würde. *Manchmal*, sagte ich.

Ich glaube, sie hat meine Bücher gelesen, nachdem wir uns kennengelernt hatten. Besonders eines erwähnte sie bei einem Ausflug. Inzwischen war es Winter, wir ritten durch den Wald, und die Umgebung knirschte vor Schnee und Frost. Sie hatte das Buch gelesen, wusste aber nicht recht, was sie damit anfangen sollte. Besonders die Handlungsunfähigkeit der Protagonistin konnte sie kaum aushalten.

Wir kletterten über eine alte Steinmauer. Die Sonne schien, das Weiß schmerzte in den Augen. Vor Kurzem sah ich ein altes Foto aus der Goldgräberstadt Yellowknife in der Nähe des Polarkreises. Es zeigt einen Inuk im Gegenlicht der Sonne. Die Sonne ist nicht allein, sie hat Gesellschaft. Ein optisches Phänomen: Das Sonnenlicht bricht sich in den Eiskristallen, und auf jeder Seite entsteht ein leuchtender Punkt. Unter dem Bild stand, dass die Sonne mit ihren Rivalen gekommen ist. Hunde der Sonne, nannte man sie in der Sprache der Ureinwohner. Wie sie dort stand, Halldis, mit der

Kapuze über den Ohren, hätte sie gut ein solcher Inuk sein können. Stark im Profil, aber mit schwachem Immunsystem.

Was genau fürchtest du, dass ich aufschreibe?, fragte ich. *Ich weiß nicht*, sagte sie.

Die Sonne drang durch sie hindurch, so habe ich es in Erinnerung. Sie löste ihre physische Form auf. Ihr Schatten zeichnete sich scharf auf der großen, weißen Fläche ab, und ich stand ihr gegenüber, nicht allein.

Halldis?, sagte ich schließlich.

Sie zog an ihren Handschuhen und nickte.

HYGGE

Dann saßen wir da, Lilly und ich. Sie hatte Kaffee gekocht und einen Schokoladenkuchen gebacken, so einen, der in der Mitte weich ist. Im Lauf des Nachmittags hatte sie auch staubgesaugt und die toten Blätter von den Fensterbrettern entfernt. Der Wellensittich plapperte nicht mehr, er war mit einem Putzlappen über dem Käfig ruhiggestellt, und im Fernsehen lief ein Quiz zum Mitraten. Heute Mittag war es nicht so schön bei ihr. Wir hatten einen Streit, weil sie sich im Seniorenklub immer so aufführt. Sie nimmt alle für sich ein. Ihre Eifersucht ist fast brutal, obwohl sie das nicht will. Und dann sagte sie das mit meinem Gesicht. Dass sie es nicht ausstehen könne. *Du und deine Lehrerfresse*, sagte sie, und ihre Wäsche war im Badezimmer verstreut. Das Bett war nicht gemacht, und es roch süßlich nach Urin. Ich kenne den Geruch aus Tante Claras Heim, als sie nichts mehr sehen konnte, herumtastete und alles umwarf, besonders sich selbst. Es war, als hätte sich etwas Totes in ihren Zellen eingenistet, das nun bei jedem Toilettenbesuch auslief. Es zog in die Tapete, und der Geruch war da, als wir es uns mit dem Fruchtsaftgetränk, das man in der Küche anrühren konnte, gemütlich machten. Die endlosen Nachmittage mit fadem Saft, Pfefferminzbonbons und Tante Clara, die sich nicht mehr um ihre Zähne kümmerte. Es gibt Dinge, die man nie vergisst. Die Lieder aus dem Gesangbuch und ihre Transkriptionen der Neujahrsansprachen des Königs. Ich habe mich immer gefragt, was ich in Tante Claras Einsamkeit verloren hatte. Ich war nur ein kleiner Junge, und während ich dort saß und König Frederiks Worte in den Mund gelegt bekam, waren meine Eltern höchstwahrscheinlich im Kino. *Du bist so tüchtig in der Schule*, sagten sie. *Das gehört belohnt*, sagten sie, und schon war Tante Clara mit ihren Fingern in meinem Nacken und hielt mir die Schale mit Zuckerwürfeln unter die Nase: *Nimm einen, mein Junge, nimm zwei. Iss!*

Aber jetzt hatte sie Kaffee gekocht, Lilly. Sie hatte Kaffee gekocht, den Wellensittich zugedeckt und ihr feines Porzellan herausgeholt. An meinem Gesicht war nichts mehr verkehrt. Ihre kleine Hand war in meinen Haaren, unter meinem Hosenbund, und sie wollte meine Hand, denn *jetzt reden wir nicht mehr darüber und machen es uns so richtig gemütlich.*

Der Apotheker hat mich in den Klub mitgenommen. Er behauptete, wir würden Schach spielen, aber als lediger Mann musste ich mit den Erwartungen der alten Damen leben. Sie wollten meine Socken stopfen, mir den Kragen richten, und dann taten ihnen die Beine weh, und sie wollten nach Hause gefahren werden. Die Verzweifeltste unter den Verzweifelten war Lilly. Zuerst versuchte sie es bei dem Apotheker, aber die anderen Frauen schlichen um ihn wie Hyänen um einen Kadaver. Es sei sein schicker Bart, sagte sie, und man kann sicher manch Gutes über Lilly sagen, aber ihre fantasievollen Blusen können das Unabwendbare nicht verdecken. Der ganze Schmuck, ja sogar der Wellensittich, ziehen sie nur tiefer herab, und dann saßen wir da, es war Samstag, und sie hatte Teelichter angezündet. Sie standen im Regal, und sie hatte Alufolie um sie gewickelt, damit nichts anbrannte. Das war ihr schon passiert, einmal war sogar eines explodiert. Die Flüssigkeit in den kleinen Bechern war so entzündlich wie Benzin, deshalb mochte sie lange Kerzen lieber. Die stattlichen. Die waren sicher, wenn man sie nicht zu dicht an die Gardine stellte. *Die sind wie du*, kicherte sie, *so schlank und ansehnlich*, sagte sie, rappelte sich vom Sofa auf und ging in die Küche, wo sie mit dem Geschirr klapperte. *Aber solange wir nicht einschlafen, tun es die kleinen auch!*, rief sie. Ich glaube, Lilly gehört zu den Menschen, die leicht mit einer Zigarette in der Hand einschlafen. Auf dem Sofa, unter den verblichenen Bildern ihrer Angehörigen. Dort hängt auch eines von Lilly aus den Siebzigerjahren. Mit Lockenwickler-Frisur, genau wie damals meine Studenten. Sie saßen da und putzten sich heraus, während ich mit ihren schlampig gezeichneten Logarithmen kämpfte. Wenn sie nicht auf ihren lächerlich hohen Espadrilles herumliefen, als hätten sie Heuballen unter den Füßen, Herrgott, und ihr Shampoo stank im Lesesaal. Prostitution kam mir weniger manipulierend und ökonomischer vor, am schlimmsten waren die Weihnachtsfeiern. Æbleskiver und Glögg, und man sollte über das vergangene Jahr reden. Als könnte das Jahr etwas anderes tun als vergehen. Als wäre nicht genau das die Haupteigenschaft der Zeit, und bei Lilly hängen auch Bilder ihrer jungen Brut. Ihre Gesichter sind weich und knödelartig. Sie haben zu viele Süßigkeiten bekommen, diese Kinder, und jetzt wohnen sie im selben Viertel, jedes in seiner Nebenstraße mit seinen eigenen Kindern, die auch zu fett sind, aber das darf man Lilly nicht sagen. Meistens fühlt sie nichts, aber es gehört nicht viel dazu, dass sie alles fühlt, und dann kam sie mit einem Tablett in der Hand zur Tür hinein. *Wir trinken Baileys zum Kaffee*, sagte sie. Baileys und ein paar Pfefferminzbonbons, die von Weihnachten übrig waren. *Wir lassen es uns gut gehen*, sagte sie und quetschte sich neben mich aufs Sofa. Ihre Finger mit den nutzlosen Eheringen und das Klirren von Amethyst und anderen Imitaten an ihren Ohrläppchen. Im Grunde ist sie zuverlässig, das Ganze ist heiße Luft, ich weiß, und der Apotheker sagt es auch, aber

Baileys schmeckt nach deutscher Raststätte und jener Ecke der Party, in der nichts geschieht. Außerdem sollte Lilly wissen, dass Whisky eher nach meinem Geschmack ist. Oder ein trockener Cognac mit einer Zigarre. Ich will Schach spielen! Ich bin niemands Lustknabe, und denkt bloß nicht, dass ich nicht wüsste, was sie unter der Spüle und draußen beim Stromzähler versteckt, die Clara. Ich weiß alles über den Likör vom Kaufmann an der Ecke. Er hat ihre Zunge eingelegt und ihr Gesicht konserviert. Vor mir kann sie nichts verbergen. Ich kenne sie seit einer Ewigkeit, mich legt sie nicht mehr rein. Aber als wir auf dem Sofa saßen, ihre Hand auf meinem Knie und der Blick auf ihrem Baileys, sagte sie: *Wir sind doch gute Freunde. Ich weiß, dass ich dumm bin. Es ist bestimmt nicht leicht für dich, bei deinem Wissen, mit so einer wie mir*, sagte sie. *Aber können wir es uns nicht einfach gemütlich machen?* Und das taten wir. Wir saßen da und machten es uns gemütlich, und ich weiß nicht mehr genau, was geschah, bevor sie das letzte Stück Kuchen aß, aber dann lag sie auf dem Boden, halb unter dem Wohnzimmertisch, die Augen geöffnet, der Mund auch, aber selbst da, als alles vorbei war, sah es aus, als wollte sie mich zwingen, ja, sie zwang mich, und ich wollte nicht.

AM BAHNHOF SÜDWEST

Sie sind bereit. Sie haben eine Sammelbüchse, eine Tasche mit dem Logo der Krebshilfe und zwei Straßen beim Bahnhof Südwest, Genossenschaftswohnungen und ein paar Mietwohnungen. Kirsten weiß nicht, was sie erwartet, aber sie findet es spannend, an so einem Ort für die Krebshilfe zu sammeln. Lina findet es eher peinlich, weit weg von zu Hause in ihren weißen Tennisschuhen an den Türen zu klingeln und mit der Büchse zu rasseln. Außerdem ist sie müde, und ihr Kopf ist voll von ihm und was er gesagt hat. Es tat weh, und seitdem ist sie so müde, dass sie im Stehen einschlafen könnte. Aber Kirsten ist wohlauf, und Lina lächelt sie an und sagt, sie sei auch wohlauf, und so ziehen sie los.

Im ersten Treppenhaus antwortet zunächst keiner, obwohl sie überall klingeln. Endlich lässt sie jemand herein, bestimmt der aus dem fünften Stock, der als Einziger im ganzen Treppenhaus etwas spendet. Er gibt ihnen zwanzig Kronen, und sie kichern, als sie die Treppe hinablaufen, weil es das erste Geld ist, das sie je eingesammelt haben, und weil sie nervös sind. An manchen Türen ahnt man schon, wer dahinter wohnt. Die Leute pappen Aufkleber mit Rottweilern, Bambi oder Aschenputtel neben ihre Namensschilder, die manchmal aus graviertem Metall und manchmal nur ein mit Kuli beschriftetes Stück Klebeband sind. Andere Türen senden gemischte Signale aus, und man kann nie wissen, was einen dahinter erwartet. Kann man nie, wenn man an fremde Türen klopft, denkt Lina. Kirsten weiß ja auch nicht, was er zu ihr gesagt hat. Überhaupt weiß niemand, was er zu ihr gesagt hat: dass ihre Art zu lieben nicht echt sei. Keiner würde so lieben. Er sagte irgendwas von Kompensation, aber das will sie Kirsten nicht erzählen. Kirsten würde wie die meisten reagieren, und es gibt nichts Schlimmeres als eine, die sich immer nach Vorschrift verhält, denkt Lina und schweigt, und dann schlägt Kirsten vor, dass sie vom Eindruck der Türen raten sollen, was für ein Mensch sie wohl öffnen wird.

Sie raten fast jedes Mal falsch, aber es macht ihnen Spaß, obwohl ziemlich viele seltsame Menschen öffnen. Sie sprechen undeutlich oder machen im Nachthemd auf, viele sind irritierend. Ein Mann ist sauer, dass er am Sonntagvormittag geweckt wird, und schimpft sie aus. In anderen Wohnungen raschelt es hinter der Tür. Die Leute flüstern, als könnte man sie im Treppenhaus nicht hören, obwohl man alles hören kann. *Mach nicht auf. Ich hab diese Wohltätigkeitssammler satt*, sagt eine Frau hinter der Tür. Aus einer anderen Wohnung kommt ein Kind zur Tür und steckt Kleingeld in die Dose, während Mutter und Vater zusehen. Sie klatschen und sagen, wie tüchtig das Kind sei, und Lina denkt, wie merkwürdig die Leute sind. Ihre Wohnungen riechen intim, aber nicht unbedingt schmutzig. Eher verrät der Geruch ihrer Reinigungsmittel Dinge, die man gar nicht wissen will, und *Guten Tag, wir kommen von der Krebshilfe, möchten Sie unsere Arbeit unterstützen?*

So versuchen sie es. Aber es ist nicht ganz echt. Weder sie noch Kirsten haben etwas mit der Krebshilfe zu tun, und persönlich möchte sie auch nichts damit zu tun haben. Sie will sich nur am Sonntag mit einer Freundin die Zeit vertreiben, und seit sie das Ratespiel erfunden haben, fühlt Lina sich fast wie eine Touristin oder eine Bettlerin, denn eigentlich betteln sie ja. Bei wildfremden Menschen klingeln und ihnen Liebe und Respekt abverlangen, denkt Lina, und im fünften Treppenhaus will sie einen jungen Mann zurechtweisen, der durch den Türspalt sagt, dass er kein Geld habe, aber ihre Arbeit sehr bewundere. Lina will ihm sagen, dass sie überhaupt nichts tut. *In Wirklichkeit versuche ich einfach nur weiterzukommen, nachdem mein Gefühlsleben annulliert wurde, also steck dir dein Kompliment in den Arsch, du Loser*, würde Lina sagen, wenn sie der Typ dazu wäre. Ist sie aber nicht. Eher ist sie der Typ, und das weiß sie genau, der bemerkt, wie schmutzig der Boden in vielen Wohnungen ist, und es eklig findet, auch dass die Leute trotz allen Türschmucks nicht etwas schamhafter sind. Hinter manchen Türen riecht es nach Medizin und Hund, obwohl man in solchen Wohnungen keine Hunde halten darf oder es jedenfalls nicht dürfen sollte, sagt Lina zu Kirsten, und Kirsten sagt, sie habe durch den Türspalt im fünften Stock in Aufgang Nummer sieben so einen Kampfhund gesehen. Die Bewohnerin, eine junge Frau, gab ihnen zweihundert Kronen, weil sie, wie sie es ausdrückte, *es selbst in sich trug*.

Willkommen im Klub, denkt Lina und gibt Kirsten die Sammelbüchse, weil sie an ihren Fingern klebt. *Willkommen im Klub, sage ich nur*, denkt Lina, aber sie sagt es nicht.

Sie gehen zielstrebig von Hausnummer zu Hausnummer, oder Kirsten geht. Lina läuft ihr nur hinterher, denn sie ist müde. Wie meistens zurzeit. Vielleicht ist es Frühjahrsmüdigkeit oder wegen der vielen Treppen, aber eher liegt es an dem, was er gesagt hat. Sie sei nicht echt, all die Liebe. Sie habe sie nur erfunden, um sich die Zeit, nein, das ganze Leben zu vertreiben. Seitdem hat sie sich kaum vom Fleck gerührt, und der Stillstand hat den Schmerz etwas gelindert. Aber jetzt muss sie weiterkommen, die Tage vergehen einfach nicht, und sie hat große Lust, sich auf die Bordsteinkante zu setzen und Kirsten allein in Nummer elf und zwölf zu schicken. Das kann sie sich nicht erlauben, aber in Nummer fünfzehn lässt sie Kirsten reden, bleibt im Hintergrund und hilft nur den alten Leuten, die Münzen in die Büchse zu drücken. Es läuft nicht schlecht, die Büchse wird immer schwerer, das ist gut, *und dann zum Bahnhof Südwest*, sagt Kirsten, als sie in Aufgang Nummer siebzehn zu einer seltsamen Tür kommen. Sie ist so seltsam, dass Kirsten nicht raten kann, wer dahinter wohnen könnte. *Guck mal da*, sagt Kirsten und grinst, weil an der Tür ein Gummiskelett hängt. Die Bewohnerin heißt Else. Sie hat ein Türschild aus rostfreiem Stahl und einen Türspion, doch das Skelett hängt direkt davor, sodass Else nichts sehen würde, wenn sie durch die Linse späht. Lina sagt zu Kirsten, dass es so ein Skelett sei, das von selbst leuchtet. Linas Neffe hat einmal eine ganze Dose von Insekten aus demselben Material gehabt. Wenn man ihn zu Bett gebracht und das Licht ausgemacht hatte, leuchteten sie im Dunkeln. Ein paar davon hatte er mit Klebeband an der Decke befestigt, die anderen lagen unterm Bett oder zwischen Legosteinen, kribbelnd, krabbelnd und leuchtend wie die Fische in der Tiefe des Marianengrabens. *In der Nacht ist das die einzige Lichtquelle hier*, sagt Lina, und Kirsten lacht und tippt, dass Else gut drauf sei. *Else hat Humor*, sagt Kirsten. *Sie ist ein Scherzkeks*, sagt sie und klopft an, obwohl Lina gerade vorschlagen wollte, Elses Tür auszulassen.

Aber jetzt haben sie angeklopft. Zuerst ist es ganz still, und die beiden neigen den Kopf und lauschen angestrengt, das haben sie sich angewöhnt. Es klingt, als wäre bei Else keiner zu Hause. Oder doch. Etwas regt sich auf dem Flur, sie hören Schritte, und dann murmelt jemand. *Da drinnen murmelt jemand*, sagt Kirsten, und Lina nickt, aber dass jemand auf dem Flur murmelt, bedeutet noch lange nicht, dass die Tür auch geöffnet wird. Kirsten bückt sich, legt den Mund an das fluoreszierende Skelett und sagt, dass sie für die Krebshilfe sammeln, *möchten Sie unsere Arbeit unterstützen?*

Keiner antwortet, aber sie spüren, dass sie direkt hinter der Tür steht, Else. *Das wird nichts*, flüstert Lina, aber Kirsten will nicht aufgeben und ruft: *Hallo?*, und plötzlich kratzt es auf dem

Laminat, die Sicherheitskette knallt gegen die Tür, der Griff wird betätigt, und die Tür geht auf, nicht nur einen Spalt. Else macht sie weit auf, und da steht sie im Bademantel auf der Schwelle. Der Flur ist klein, Else füllt ihn gut aus mit ihrem dünnen Haar und dem offenen Mund. *Krebshilfe*, sagt Kirsten und rasselt mit der Büchse, und Lina wünscht, sie würde das sein lassen, denn man sieht Else schon an, dass sie nicht weiß, was sie wollen. Dürr und verknöchert steht sie vor ihnen, ihr Haar klebt in nassen Strähnen auf der Stirn, und Lina sieht, dass sie nur noch zwei Zähne im Mund hat. Zwei Schneidezähne im Unterkiefer, warum hat sie ausgerechnet die nicht verloren, denkt Lina und kann ihren Blick nicht abwenden. *Haben Sie ein paar Münzen?*, versucht Kirsten, aber Else reagiert nicht, wie sie soll. Sie lässt den Türgriff los und starrt sie an, und der Anblick ist kaum auszuhalten, findet Lina. Er ist peinlich, und jetzt schaukelt Else auch noch auf ihrem Flur hin und her, vielleicht, weil sie die Situation begreift, aber es ist zu spät. Es ist zu spät, weil Kirsten völlig verunsichert ist und nicht weiß, was sie tun soll. Kirsten hat normalerweise alles im Griff, aber mit Else funktioniert das nicht, und dann verschwindet Kirstens Lächeln, und Lina bemerkt den verdreckten Boden, und Else murmelt, aber ihr Murmeln ergibt keinen Sinn. Kirsten will einfach nur weg, und Else, die aus Versehen der Krebshilfe die Tür geöffnet hat, lässt ihren Bademantel los. Der Stoff rutscht zur Seite, und man sieht Else, wie sie ist, und Kirsten will gehen. Sie zieht Lina am Ellbogen. Aber man kann nicht einfach so gehen, findet Lina, tritt einen Schritt vor und sagt: *Bitte entschuldigen Sie die Störung. Einen schönen Sonntag noch*, und dann schließt sie die Tür vor Elses Nase.

Unten auf der Straße geht die Sonne unter, und Lina stellt sich in ihre Strahlen, während Kirsten an der Eingangstür stehen bleibt. Sie sagt, wie schrecklich es für sie gewesen sei. Was sie gerade gesehen haben, kann sie kaum verdauen, deshalb sagt sie noch einmal: *So etwas habe ich noch nie erlebt. Fürchterlich, findest du nicht, Lina?* Lina sucht in ihren Taschen nach der Fahrkarte und antwortet nicht, aber Kirsten sagt, dass es Menschen nicht so gehen sollte wie Else aus dem vierten Stock. *Das ist ja unwürdig*, sagt sie und schaut zur Eingangstür. *Glaubst du, sie bekommt Pflegehilfe?*, fragt sie, aber Lina antwortet nicht. Sie sind irgendwo beim Bahnhof Südwest, weit von zu Hause, und sie hat die Karte gefunden und geht los. Es sind nur noch zwei Aufgänge übrig, und Kirsten soll nicht merken, dass sie ihr Gesicht abwendet, dass ihr ganz warm ist, im Kopf und bis nach unten in den Weichteilen, und sie denkt an ihn. Sie denkt an ihn und was er gesagt hat. Es sei keine Liebe, hat er gesagt, dabei trug sie es in sich, als wäre es genau das.

ZWISCHEN DEN FILIALEN

In Boston geschah es zum ersten Mal. Ich hatte ein Bad genommen, die Fußnägel geschnitten und noch ein wenig im Bett gelesen. Als ich das Licht ausgemacht hatte, überkam es mich. Ich lag auf dem Rücken, die Arme ausgestreckt, die Beine schwer und schlapp. Es war bequem, mein Körper sank in die weiche Matratze, und plötzlich war das Bett kein Bett mehr, sondern nackte Erde. Leichte Vegetation wuchs rings um mich und durch mich hindurch. So fühlte es sich an. Es war ein kühler Tag, weit von Boston, in der Nähe war Wasser, und dann kam der Vogel. Er setzte sich auf meinen Brustkorb und begann, mir das Fleisch von den Rippen zu picken. Es war eine stille Andacht, und der Himmel über mir war nicht mehr begrenzt, sondern weit offen, und ich verschwand darin.

Am nächsten Morgen spürte ich als Erstes, wie ausgeruht ich war. Normalerweise plagt mich die Zeitverschiebung, aber ich fühlte mich frisch unter der Dusche und später an der Rezeption. Achtundvierzig Stunden in Boston, und ich hatte nichts als glänzende Fassaden und die Filiale gesehen. Neben dem Hotel lag ein hübscher Park, wie ich vom Taxi zum Flughafen aus sah. Immer diese Parks und Flughäfen. Die fetten Touristen, Anzüge und Reisekissen. Das Private lässt sich nicht lange verbergen, es breitet sich bakteriell von der Sicherheitskontrolle durch die Kaffeeschlangen bis zu den Toiletten aus.

Ich bekam einen Fensterplatz auf dem Morgenflug nach Minneapolis. Dort war ich nie gewesen, aber die Filialen sehen alle gleich aus. Ich saß bequem in meinem Sitz. Tief unter mir ein See von ozeanischer Größe, und die Flüsse verliefen wie dicke Arterien durch alle möglichen Landschaften. Aus dem Augenwinkel betrachtete ich meine Hände auf den Armlehnen. Die Knöchel sehen aus wie Perlen, die Sehnen sind milchig, und das Rote nannte Mutter das »Restfleisch«. Durch das kleine Fenster öffnete sich der Blick auf die Wolken und die Prärie, und ich schlummerte ein. Die übliche Ansage, dass der Landeanflug begann, weckte mich. Tief unter mir ein Wasserlauf, der sich wie ein Dickdarm wand.

Nach der Ankunft fuhr ich direkt zur Filiale, wo ich neue Zielsetzungen präsentierte und zukünftige Projekte ankündigte. Sie hatten Pizza für hinterher bestellt. So saßen wir da, ich mit der Personalliste, sie mit schlecht überspielter Besorgnis in den Gesichtern. *How Nordic*, sagte ich über die vielen skandinavischen Nachnamen auf der Liste: Vestergaard, Dahl, Svensson, Moller, las ich laut, und sie lächelten. Während die Nachkommen skandinavischer Emigranten den letzten weichen Teig vom Pizzarand abbissen, gab ich ihren Namen eine historische Perspektive. Ihr Name bedeutet Hof im Westen, Ihr Name ist ein Tal, Sie sind der Sohn von Sven, und einer Ihrer Vorfahren muss ein Müller gewesen sein. Mein Name ist eine Stadt in der Nähe der deutschen Grenze, und ich bin auf dem Land aufgewachsen. Wenn es Hühnchen zum Abendessen gab, schlug mein Vater einem Huhn den Kopf ab, und dann legte meine Mutter das Huhn in einen Topf mit kochendem Wasser, bevor sie es rupfte. Ich zeigte ihnen mit den Händen, wie sie es tat – überall Federn, besonders die nassen, dampfenden Daunen an ihren Fingern. Sie bekam sie nicht ab, es war eine ziemliche Schweinerei, erklärte ich. Sie starrten mich an, und in ihren ausgewanderten Augen sah ich rotwangige Bauern aus Nordjütland, die mich anglotzten, als wäre ich ihr Sonntagsschullehrer.

Hinterher, in der Hotelrezeption, erblickte ich den großen Fluss, den ich aus der Luft gesehen hatte. Jetzt floss er an einer Böschung südlich des Hotels vorbei. *Oh, it's the river*, sagte ich aus purer Freundlichkeit zu der Empfangsdame. Sie sah mich misstrauisch an und sagte: *Yeah, the Mississippi*, und ich sagte: *No? Not the Mississippi?* Und sie sagte: *Yes, sir, the Mississippi*. Und ich sagte, ich sei überrascht, weil ich keine Ahnung hatte. In meinem Kopf fließt der Fluss der großen Mythen durch das heiße, südliche Flachland. *So weit nördlich?*, sagte ich zur Empfangsdame, die mir die Schlüsselkarte gab. *Even the Mississippi has to begin somewhere*, sagte sie.

Eigentlich wollte ich mich ausruhen, aber

stattdessen studierte ich eine Landkarte. Wie sich herausstellte, hatte die Empfangsdame recht. Es war der Mississippi, der hinter dem Hotel vorbeifloss. Er entspringt im nördlichen Minnesota. Zuerst verläuft er fast parallel zur kanadischen Grenze bis zum Lake Winnibigoshish, worauf er die Schwerkraft walten lässt und nach Süden an meinem Hotelfenster vorbeifließt. Nach den Filialbesuchen lege ich mich immer hin, aber ich fühlte mich ausgeruht und rollte den Koffer vor den Garderobenschrank, wo er beinahe unangetastet stehen bleiben sollte, nahm den Aufzug nach unten, und da war er, the Mississippi. Breit und gewaltig, mit einem seltsam gleichmäßigen Wasserfall etwas weiter nördlich. Ich betrachtete das schäumende Wasser, und dann fand ich eine Brücke mit rostrotem Geländer. Es wurde langsam dunkel, die Luft war feucht, und ich hörte Zikaden. Ungefähr in der Mitte der Brücke blieb ich stehen und schaute nach Norden. Irgendwo dort oben entsprang der Mississippi, und ich dachte an den Umweg, den er auf der Karte nahm. Als könnte er sich nicht entscheiden, die lange Reise nach Süden anzutreten.

Ich bin schon an so vielen Orten gewesen, dass es keinen Unterschied macht, dachte ich. Alles hat sich miteinander vermischt. Als Kind gab es für mich nichts Schöneres, als mit dem Federvieh zu arbeiten. Ich streckte meine Hände nach ihnen aus, stahl ihnen die Eier und gab sie Mutter, bis sie herausfand, dass Hühner sie krank machten. Als Zwischenlösung hielt Vater exotische Fasane, und der Silberfasan war hitzig und leicht zu ärgern. Wenn ich meinen Gummistiefel an den Zaun hielt, kam er und hackte mit Krallen und Schnabel darauf ein. An einem Sommertag, als ich barfuß lief, forderte ich ihn heraus. Ich hielt einen nackten Fuß an den Zaun und rief, er solle ruhig kommen. Das tat er. Er wollte mir etwas Böses, aber es kam mir fürsorglich vor, und ich setzte mich an den Zaun. Ich sah in seine schwarzen Augen. Ich sagte, dass er mich kaum gezwickt hätte. Sein Angriff würde mich höchstens kitzeln, sagte ich. Er solle es ruhig noch einmal tun. *Flieg mich an*, sagte ich wieder und wieder, aber er starrte mich nur mit seinem schwarzen Auge an, bis er schließlich aufgab. Dann verschwand er.

Am anderen Ufer fand ich eine kleine Treppe

hinab zum Mississippi. Das Ufer bestand aus Kies und großen Steinen, zwischen denen nackte Baumstämme angespült waren. Es roch nach Süßwasser. Meine schwarzen Schuhe glänzten im Abendlicht, ich dachte an Mutter. Zwischen den Filialen versuche ich vor allem, nicht berührt zu werden. Ich habe Hygiene-Gel in der Tasche, ich trockne meine Hände nie an Handtüchern oder Händetrocknern. Ich habe immer Papiertaschentücher dabei, huste in die Armbeuge und bleibe selten länger als eine Nacht. Der Mississippi ist bestimmt verschmutzt, er fließt mit kräftiger Strömung nach Süden. Er krümmt sich noch einmal kurz Richtung Grenze, bevor die Schwerkraft ihn nach unten zieht. Hätte ich nicht gewusst, dass er mich in die falsche Richtung tragen würde, ich hätte mich in ihm versenkt, aber nun saß ich dort am Ufer. Dann lag ich. Als ich eine Weile gelegen hatte, kam der Vogel.

DER FESTPLATZ

Vor dem Ferienhaus liegt ein Stoppelfeld. Dort, neben dem Wäldchen, ist auch der Festplatz des Dorfes, verbrannt und platt getrampelt. Manchmal läuft ein Fuchs darüber, aber meistens ist er leer. Sie ist barfuß in die Holzschuhe geschlüpft, die sie im Schrank gefunden hat. Die Spätsommersonne hat den Platz den ganzen Tag gebacken. Es ist September, und als sie in den offenen Schuhen über das Feld läuft, kratzen die trockenen Halme sie an den Knöcheln. Jetzt aber steht sie still in ihrem Trenchcoat und den Holzschuhen. Der Mond geht auch schon auf.

Sie fragt sich oft, was sie getan hat, um sein Schweigen zu verdienen. Es hat sie zu falschen Annahmen verleitet, und dann kam die Abweisung. Sie war panisch geworden, er zynisch, denkt sie und schaut über das Stoppelfeld auf den Festplatz. Bestimmt hat es dort eine Tombola gegeben, vielleicht auch ein Karussell und eine Rutschbahn.

Eine Zeit lang hat er alles ausgefüllt, es war fast Besessenheit. Sein Tun und Lassen, selbst seine Gedanken suchten sie heim. Sie las die Zukunft aus beiläufigen Gesprächen, forschte in seiner Vergangenheit nach möglichen Sorgen. Eines Abends versteckte sie sich bei einem Fest hinter den Fässern, weil sein bester Freund gekommen war und sie angeschaut hatte. Dieses Gesicht, wie zerknitterte Alufolie und fürchterlich unangenehm zwischen den Zähnen, war unmöglich zu vergessen, und sie hatte sich hinter den Fässern versteckt. Dort roch es süß nach warmem Gras und Volksfest, und es kam ihr vor, als drehe sie sich. Wie ein Spanferkel, dachte sie. Aufgespießt mit einem Apfel im Mund.

Es ist September, und sie ist von der Stadt bis zu dem Ferienhaus gefahren. Sie weiß genau, dass etwas Seltsames in ihr steckt. Das weiß sie schon lange, aber sie findet keine Ruhe in der Stille. Sie geht an der Steilküste spazieren, versucht, den Anblick der Kormorane auf den

Reusenstangen zu genießen, dann geht sie heim und trinkt Tee. Die Idylle bringt keine Linderung. Auf der anderen Seite des Stoppelfelds und des Wäldchens fängt der verlassene Festplatz ihren Blick. Ein seltsames Licht liegt über ihm. Der Wind wirbelt Staub auf, der Platz ist seit Juni ungenutzt. Er wartet auf das nächste Dorffest, und seine Leere zieht sie an.

Ich war krank, denkt sie. Das denkt sie oft, obwohl es eigentlich Liebe war, bloß nicht die Liebe, die ihr als kleines Mädchen versprochen wurde. Damals hatte sie sich vorgestellt, dass Liebe dasselbe war, wie über einen Rasensprenger zu laufen. Es kitzelte, man lachte und war albern, aber gleichzeitig auch hübsch. Man war lieb und anmutig, flocht Blumen in den Maschendraht des Kaninchenstalls und wurde dafür gelobt. Was man auch tat, der Auserkorene hielt einen für wunderbar. Das Glück war süß wie Pfefferminze und zählebig. Man war über alle Maßen verliebt, und es war die Aufgabe des anderen, für einen glücklichen Ausgang zu sorgen, indem er der Süße nicht widerstand.

Doch was sie als Erwachsene durchgemacht hatte, war aus einer anderen Welt. Wenn es nicht mutwillig war, war es dramatisch, und am Ende war das Drama in ihr eingekapselt. Versteckt vor dem Licht der Welt, wohnte es in ihr, und eine Weile redete sie sich ein, dass sie so viel Liebe in sich barg, weil er so viel brauchte. Doch für ihn war es nur ein Flirt, eine Frage der Entleerung, nicht mehr, das wusste sie inzwischen. Im Grunde war es dreist von ihm. Bei unmenschlicher Trockenheit kann ein Funke ganze Weltteile in Brand setzen, das sollte er wissen. In Australien sitzt die Feuerwehr immer wie auf Nadeln. Ihre Hubschrauber mit den großen Wassertanks unter dem Bauch sind allzeit bereit, den Wahnsinn zu bekämpfen, und sie steht hier auf dem Stoppelfeld.

Drüben auf dem Festplatz läuft nachts ein Fuchs herum. Glaubt sie zumindest, weil dort viele Mäuse durchs Gras huschen. Wo im Juni das Bierzelt stand, ist die Erde platt getrampelt. Wenn sie dort steht, riecht sie noch immer das Bier, und dann sieht sie das Ferienhaus auf der anderen Seite des Stoppelfelds. Es strahlt hell in der Sonne, ganz Wände und Kalk. Dort wohne ich zur Miete, denkt sie. Von dort sehe ich alles klar, aber das Haus sagt ihr nichts, und sie geht dorthin zurück und schaut wieder zum Festplatz hinüber. Die Stimmung des Ortes kommt ihr vertraut vor. Vielleicht ist es die verletzliche Offenheit, sie weiß es nicht, aber am Abend eines Festes hatte sie ihn in die Ecke getrieben. Sie hatte gesagt, dass sie doch immer Freunde sein könnten. *Freunde?*, hatte er geantwortet. *Du willst, dass wir Freunde sind?* Mehr sagte er nicht, sondern ging nur hinaus und zog seinen Mantel an. Als er die Tür öffnete, sah sie, dass es schneite. Ebenso gut hätte er *Fahr zur Hölle* sagen können, dachte sie hinterher, und dann rotierte sie langsam, mit Haken aufgespießt, an den Füßen ein kleiner Motor, der sie drehte. Unter ihr die Wiese und die Bierzeltstimmung. Spielende Kinder auf dem Festplatz, fröhlich und unwissend, und hinter ihnen der Wald mit seiner feuchten Kühle.

Wir steckten Blüten in den Maschenzaun um die Kaninchen, die wir hinter dem Festplatz ausstellten, erinnert sie sich. Wir schmückten unsere Puppenwagen mit Nelken, Rosen und was wir noch aus den Beeten unserer Mütter reißen konnten. Dann zogen wir durchs Dorf zum Festplatz. Wir waren sechs oder sieben

Jahre alt, trugen unsere feinsten Kleider, und die Erwachsenen klatschten, manche hatten Tränen in den Augen. Frauen und Liebe, denkt sie, und hat einen süßlichen Geschmack im Mund. Sie steht am Rand des Stoppelfelds und spuckt auf den Boden. Sie schaut hinüber zum Festplatz und spuckt. Der Festplatz beschäftigt sie mehr als die Spaziergänge an der Steilküste, die Kormorane oder der Buchenwald, und sie hat begriffen, dass sie wohl zwei Menschen auf einmal war, als sie mit ihm zusammen war. Einer, der wie besessen von der Liebe war, und einer, der still nebenherging und alles beobachtete. Manchmal stritten sie sich, wobei der Beobachter immer verlor, denn Liebe erträgt alles, hält alles aus, ohne sie, schrie der Liebende, wäre ich klingendes Malm, eine läutende Glocke, und der Beobachter fragte sich, ob die Kirchenglocken im ganzen Land womöglich nur aus Angst vor der Leere läuteten.

Ein Stück Eispapier fegt über den Platz, eine Ringeltaube pickt im Gras. Leer, denkt sie, und ich bin so voll mit allem Möglichen. Mein Puppenwagen war taubenblau, ich schmückte ihn mit Margeriten. Unser Umzug begann an der

Schule und endete am Festplatz. Dort roch es nach Gegrilltem und trockenem Gras. Eltern und Lehrer liefen uns mit ihren Kameras hinterher, aber die Jungen aus der Klasse hielten sich fern. Wo sie wohl steckten, während wir uns vorbildlich benahmen? Spielten sie Fußball, oder warfen sie Fahrradwracks in den Fluss?

Sie dreht das Ohr zum Abendhimmel und lauscht. Keine Jungen im Gebüsch. Keine Jungen auf dem Platz, weg sind sie, und sie streckt sich, damit sie besser hinüberschauen kann. Kein Fuchs ist zu sehen, und es ist gut, dass die Ringeltaube wegfliegt, denn jetzt steht sie am Rand. Im Garten des Ferienhauses hängen Äpfel und Holunderbeeren. Jemand hat einen Stuhl unter die Kastanie gestellt, sie könnte sich einfach setzen, aber sie will lieber mit klopfendem Herzen hier stehen. Es ist so still, alle sind nach Hause gefahren.

FREMDE VÖGEL

Früh am Montagmorgen fuhr ich von der Grenze die Küste hinauf Richtung Thy. Die Felder waren voller Zugvögel. Die Gänse wollen nicht mehr migrieren. Sie können den Winter genauso gut auf den Feldern der Bauern verbringen, denken sie, und nun sitzen sie dort zu Tausenden und fressen die Wintersaat und alte Maiskolben.

Auf der Fähre über den Thyborøn-Kanal dachte ich, dass es eine ziemlich weite Reise war für eine Frau, mit der man nur eine einzige Nacht verbracht hat. Aber das Leben geht weiter, und Anja war so süß, als sie uns auf dem Seminar im Nationalpark bediente. Nach dem Abendessen wollte sie mit uns tanzen, und bei der Heidewanderung kam sie mit. Sie wollte nicht ins Hotel, aber draußen gab es ein paar

Unterstände. Mein Einsatz war nicht gerade überwältigend, aber nun hatte ihr Exmann die Kinder übers Wochenende und sie das Sommerhaus der Familie.

Komm, hatte sie am Telefon geflüstert.

Im Limfjord ist die Gezeitenströmung sehr stark. Ich musste mich an der Reling festhalten. Es sah aus, als wäre der Fjord ein Fluss, der in die Nordsee fließt, und auf den Seen bei Agger Tange tummelte sich alles, was nicht mehr in den Süden fliegen muss. Wenn sie nicht ein paar Kilometer weiter nördlich bei der Einfahrt zu einem Sommerhaus im Strandroggen gewartet hätte, wäre ich sicher dort geblieben.

Aber hier bin ich, sagte ich, als ich durch den Sand auf sie zuging.

Sie trug ein helles, gelb geblümtes Kleid. Ein schönes Kleid, und sie sagte, ich hätte mich nicht verändert, und es täte ihr furchtbar leid. Eine Art Doppelbuchung war geschehen. Sie hatte vergessen, dass ihre Mutter sich samt Verwandtschaft angesagt hatte. *Es tut mir furchtbar leid*, sagte sie, und sie habe versucht, mich zu erreichen, aber mein Handy war ausgeschaltet.

In dem Sommerhaus stand eine blau gekleidete Frau mit Schrägpony. Sie hielt einen alten Kaffeebecher in der Hand, von der Art, wie man ihn in Ferienhäusern hat. Es war ihre Mutter. Vor ihr stand gestikulierend Anjas Schwester, und hinter ihr saß ihre Nichte in einem knirschenden Korbsessel. Draußen in den Dünen spielten ihr Schwager und ihr Neffe Fußball.

Ich hatte das Fest völlig verschwitzt. Meine Tante wird achtzig, sagte Anja und rieb sich die Stirn. Es gab Mittagessen in einem Gasthaus in der Nähe. Sie müsse hingehen, erklärte sie, wenigstens ein paar Stunden. Ich solle doch bleiben und es mir im Haus gemütlich machen. *Du bist auch herzlich eingeladen*, sagte Anjas Mutter und ging auf mich zu. *In unserer Familie ist immer Platz für einen Gast am Tisch.*

Ich drückte ihre Hand, dann die der Schwester. Ich begrüßte den Schwager und den Neffen, als sie hereinkamen. *Anja sagt, du arbeitest im Naturschutzverein*, sagte er. *Was wollt ihr gegen die vielen Weißwangengänse tun?*

Ich konnte ihm nicht antworten, weil Anja mich auf die Terrasse zog. Sie sagte, sie könne gut verstehen, wenn ich jetzt lieber heimwolle.

Es tue ihr furchtbar leid, dass die so ein Chaos angerichtet habe, aber sie fühle sich der Familie gegenüber verpflichtet. Ich sagte, sie sehe süß aus, mit den Sommersprossen über der Nase. Sie sagte, ihre Tante sei vor Kurzem Witwe geworden. Dann strich sie mit dem Zeigefinger über meine Handfläche, und ich ergriff ihn.

Als Anja mich kurz darauf bei der Gartendusche küsste, war ich verwirrt. Es war kein guter Kuss. Die gelben Blumen schienen unter meinen Händen wegzurutschen. *Das ist mir so peinlich*, flüsterte sie, und hinter der Bretterwand kündigten die anderen an, sie wollten gemeinsam zum Gasthaus fahren. Im Audi des Schwagers war nicht genug Platz für alle, weshalb ich auf dem Beifahrersitz in Anjas Auto landete, hinter mir ihre Mutter, die Hände an meiner Nackenstütze.

Wir fuhren dem Schwager auf der Küstenstraße nach Norden hinterher und kamen durch den Nationalpark. Anjas Mutter redete über die Landschaft und die Ortsnamen, sie wollte wissen, woher ich kam. *Aus der Tøndermarsch*, sagte ich. *Alleine?*, fragte sie, und ich bestätigte, dass ich Witwer war. Ich erwähnte auch, dass meine Frau Pfarrerin gewesen war, aber es klang eher peinlich. Dann erzählte Anjas Mutter von einem Artikel, den sie im Wochenblatt gelesen hatte. Er handelte von Wölfen und wie sie durch ihr Heulen über große Entfernungen miteinander kommunizieren. *Sie sind soziale Wesen*, sagte sie.

Wir folgten dem Schwager, bis er auf einen Rastplatz einbog. Anja konferierte mit ihm, während ihre Mutter bedauerte, dass wir zu spät zur Vorspeise kämen. Ich betrachtete die Blumen auf Anjas Kleid und die Scharen von Wildvögeln, die über die Vegetation trampelten. Sie würden den ganzen Winter hier verbringen, die gefiederten Bodenverdichter.

Anjas Schwager war zu weit nach Norden gefahren, und nach einer halben Sunde Umweg kamen wir erst im Gasthaus an, als alle schon bei der Vorspeise waren. Die Leute klatschten und machten sich über uns lustig, als wir unsere Plätze einnahmen. Wenn ich die anderen Gäste gekannt hätte, hätte ich sicher ein paar Späße gemacht, aber das einzige halbwegs vertraute Gesicht war Anjas, und sie schaute nicht einmal zu mir herüber.

Sie saß auf einem der für die Familie reservierten Plätze. Ich setzte mich an den einzigen freien Platz an einem anderen Tisch. Links von mir saß ein kleiner Mann, der sich als Cousin auf der väterlichen Seite vorstellte. Ich habe den Platz seiner Frau bekommen, erklärte er. *Sie geht nirgendwo mehr hin*, sagte er, und ich drehte mich nach rechts, wo ein bärtiger Mann saß. Ein Fisch landete auf meinem Teller. *Prost!*, kam es aus einem runzligen Frauengesicht gegenüber. *Gut, dass ihr es noch geschafft habt*, sagte sie.

Ich tätschelte Anjas Hand, die sie im Vorbeigehen auf meine Schulter legte. *Es tut mir so schrecklich leid*, flüsterte sie, und die Leute beobachteten uns, also schwieg Anja, und ich hielt es nicht für angebracht, zu ihrem Tisch zu gehen.

So zog sich der Nachmittag hin. Ein paar Mal ging ich auf die Toilette, um die Zeit totzuschlagen, und als ich dort stand und zu pinkeln versuchte, trat ein Mann an das Pissoir neben mir, öffnete den Hosenlatz und ließ einen gewaltigen Strahl ab. Ich beendete diskret mein Geschäft, spülte ab und knöpfte die Hose zu, aber nicht schnell genug, um dem Schwager zu entgehen.

Ach, du bist es, sagte er an den Waschbecken. *Jetzt haben wir zusammen gepisst.* Ich sagte, das sei fast so gut wie Blutsbrüderschaft, und wir gingen zurück zum Fest. Inzwischen war der Kaffee serviert.

Und was wollt ihr nun gegen die Weißwangengänse tun?, fragte er und zog mich an ein freies Tischende. *Und die Singschwäne und die Kurzschnabelgänse? Ich musste schon zwei Mal säen. Mein Nachbar auch.* Ich hielt Ausschau nach Anja, die am Tisch der Familie beschäftigt war. *Was schlagen die Agrarverbände vor?*, fragte ich ihn. *Kann man Felder gegen Gänse spritzen?*, fragte er und lachte.

Ich führe täglich solche Gespräche und warf ein, dass es am Klimawandel lag. Da wollte er wissen, ob der Klimawandel auch daran schuld sei, dass der Wolf bis hier hoch gekommen war und seine Kühe stresste. Ich argumentierte, wie immer, dass der Wolf sich an ein friedliches Europa angepasst habe, und er konstatierte, wie immer, dass er seine Kinder nicht mehr allein draußen spielen lasse. Zum Schluss sagte er: *Ich hoffe, die Aussicht aus dem Elfenbeinturm ist schön. Und du sollst wissen, dass wir Anja sehr gernhaben.*

Vielleicht solltest du es lieber auf einem Witwenball in Sønderjylland versuchen?

Aus dem Augenwinkel sah ich Anja. Die gelben Blumen verteilten sich über den Stoff ihres Kleides und sahen aus wie kriechendes Fingerkraut. Das liebte sie, und ich sehe sie jedes Mal, wenn ich durch die Marsch spaziere. Sie blühen dicht am Boden, und irgendetwas stimmte nicht mit ihrem Gesicht, besonders mit dem Mund. Aber sie war rastlos, konnte nie ganz sein, wo sie gerade war. Einmal flüsterte sie mir auf einem Fest ins Ohr, sie fühle sich nackt ohne Talar und wolle nach Hause. Sie ließ mich oft allein, auch im Bett. Wenn ihre Beine unter der Decke unruhig wurden, legte ich die Hand auf eines und sagte: *Noch ein bisschen*, aber vergeblich, und nun saß Anja dort drüben im Schoß ihrer Familie und rupfte eine Serviette in kleine Fetzen. Ich schlug vor, wir sollten einen heimlichen Spaziergang ans Wasser machen. Sie schielte zu ihrer Mutter und Tante hinüber, und kurz darauf stand sie am Strand im Gegenlicht. Wir entschieden, dass sie mich zum Sommerhaus fahren sollte, wo mein Auto stand. *Es tut mir so schrecklich leid*, sagte sie mehrmals unterwegs, und ich sagte, sie solle sich keine Sorgen machen. *Immerhin hatte ich eine schöne Fahrt.*

Es war noch immer warm, als ich nach Süden fuhr, und bei Agger Tange hielt ich an einem Rastplatz an. Eine sanfte Brise wehte über die Landschaft. Ein Pfad führte in die Dünen, ich folgte ihm, bis er sich im Sand verlor. Dann zog ich die Schuhe aus. Schwärme von Möwen bevölkerten den Strand. Wenn sie nicht über der Brandung im Wind schwebten, standen sie regungslos am Strand und schauten übers Wasser. Seltsam verlassen und immer auf der Jagd nach Fisch. Ich pinkelte, ging zurück zum Auto und stieg ein. Da saß ich nun, an der Landstraße 181 in südlicher Richtung. Schlüssel im Zündschloss, Sonnenuntergang, Nacht.

PERSHING SQUARE

Diese Hitze, und keine Ruhe. Vom Hotelzimmer aus gesehen stehen die Palmen schief. Unten auf dem Pershing Square hat jemand einen Turm mit einer glänzenden Christbaumkugel obendrauf aufgestellt. Zuerst dachte sie, es sei ein Glockenturm, aber die Kugel kann nicht läuten. Am ersten Abend, als die Hitze nachließ, schlenderte sie langsam die Grand Avenue hinab. An der ersten Kreuzung rief jemand: *Hey girl, are you European?*, und sie drehte um und ging zurück ins Hotel. Sie ist kein Mädchen mehr, das ist klar. Aber sie ist Europäerin, und woher konnte er das wissen? Vielleicht die bleiche Haut, aber damit könnte sie genauso gut Kanadierin sein. Immer noch besser als vieles andere.

In den Straßen von Downtown Los Angeles

sieht sie alle möglichen Menschen, aber alle haben eine ähnliche Statur, ähnliche Gesichter und eine ähnliche Gangart. Vor allem teilen sie die Gleichgültigkeit. Auf den Gehwegen liegen schlafende Obdachlose, die Straßen sind voll mit Geisteskranken und Drogenabhängigen. Wenn sie jetzt umfiele, würde es keiner bemerken, denkt sie. Eine mittelalte, weiße Frau mit ausgestreckten Armen wäre nur ein weiteres armes Ding in Downtown. Die Sonne scheint, sie geht langsam, etwas steif, und schwitzt. Ich laufe herum, als wäre ich einer von ihnen, denkt sie, geht zurück ins Hotelzimmer und legt sich hin.

Früher hat ihr die Hitze weniger ausgemacht, aber nun mischt sie sich in den Zustand ihres Körpers ein. Ihr Herz flimmert, oder es drückt in der Brust. An einem der ersten Abende traf sie sich mit einem Kollegen. Sie tranken Bier in einem Straßenrestaurant. Eigentlich wollten sie in Verbindung mit der Konferenz über die Entwicklung eines neuen Programms reden. Er schaute die ganze Zeit auf sein Smartphone, und sie tat, als würde sie das Leben der Stadt studieren, bis ein Freund des Kollegen vorbeikam. Sie redeten kurz miteinander, aber als beide mit ihren Telefonen beschäftigt waren, fühlte sie sich plötzlich, als säße sie neben sich. Sie beugte sich über den Tisch und fragte, wo die Toiletten seien. Der Kollege schaute auf und lächelte verwirrt.

Kurz darauf im Hotel konstatierte sie, dass ihr Herz laut klopfte und dass sie heterosexuelle Männer satthatte. Vor vielen Jahren hatte ein Psychologe ihr geraten, nicht zu klug aufzutreten, wenn sie einen Mann treffe. Den Rat hatte sie nicht verstanden. Der Psychologe, ein heterosexueller Mann, erklärte ihr, dass Männer Angst hätten, abgewiesen zu werden, und weil ihr Penis ihnen so viel bedeute, hätten sie auch Angst, von klugen Frauen ausgelacht zu werden, weil sie auf der Toilette onanierten. »Im Badezimmer«, hatte der Psychologe gesagt. *Männer glauben*, sagte er, *dass weniger begabte Frauen sexuell offener sind.*

Er hatte die Beine übereinandergeschlagen, und sie erinnert sich, dass sie seine Aussage bezweifelte. *So ist es nun mal*, sagte der Psychologe, und auf dem Heimweg dachte sie an eine *Dr. Phil*-Show, die sie einmal gesehen hatte.

Darin war es um eine Frau wie sie gegangen. Sie saß auf der Bühne und beklagte sich darüber, dass Männer sie abwiesen, weil sie so klug war. Dr. Phil. bestätigte dies, ohne mit der Wimper zu zucken. Die Frau sagte, das sei verkehrt und ungerecht, worauf Dr. Phil. antwortete: *Aber wollen Sie nun recht haben, oder wollen Sie glücklich sein?* Das Publikum applaudierte.

Oft stellte sie sich vor, wie Männer auf der nächstbesten Toilette onanierten. Manchmal wollte sie ihnen sogar sagen, dass es ihr trotz ihrer Klugheit nichts ausmachte, wenn sie onanierten. Doch sie hatte das Schachern um Respekt satt, und schon am dritten Tag in Los Angeles schwänzte sie die Konferenz und rief Pete und Anthony an. Die beiden freuten sich wie Kinder. Die Palmen schwankten, und nun liegt sie auf dem Hotelbett und schaut hinunter auf den Pershing Square. Da unten haben sie einen Turm gebaut und eine Christbaumkugel obendrauf gesetzt. Ein seltsamer, sinnloser Turm, denkt sie, und heute Morgen, bevor die Unruhe zurückkam, ging sie in Downtown spazieren. *Hey, Lady, be safe!*, rief einer der Verrückten, und das ist sie keineswegs. Sie fühlt sich nicht sicher. Vielleicht, wenn sie Kanadierin wäre. In Kanada ist es sicherer als an den meisten Orten der Welt. Vielleicht liegt es an der großen, weiten Landschaft. Vielleicht auch an den Waffengesetzen, Neufundland und den Schlittschuhläufern. Sie selbst ist in Vojens geboren, ihre Mutter war Revisorin im Eishockeyverein und organisierte jedes Jahr die Weihnachtslotterie. Manchmal wohnten Jungen aus ausländischen Mannschaften bei ihnen im Haus. Einmal waren es zwei Jungs aus Toronto. Sie sprachen nur Englisch, aber das traute sie sich damals noch nicht. Sie erinnert sich an ihre dunklen, halblangen Haare vor dem Weihnachtsbaum im Wohnzimmer. Und dass einer von ihnen dicke Socken ausleihen musste, um schlafen zu können. Jetzt, wo sie selbst schlafen will, denkt sie an ihn. Sie trägt ebenfalls Strümpfe. Draußen sind es fünfunddreißig Grad, aber die Klimaanlage lässt sich kaum regeln. *Hey girl, are you European?*

No, Canadian, wird sie sagen, wenn sie sich wieder hinauswagt und der Verrückte sie noch einmal fragt. Und das ist nicht unwahrscheinlich. Nach nicht einmal einer Woche in Downtown erkennt sie den ein oder anderen Obdachlosen wieder. Sie erkennt sie am Gang, an ihren Aufenthaltsorten, an der Art, wie sie sich vor der Welt beschützen: dicke Wollmützen, Wintermäntel, deplatzierte Rollkoffer, und unter der Christbaumkugel am Pershing Square sah sie gestern eine Frau mit Zylinder und einem blumenbesetzten Regenschirm, die mit verletzter Anmut einen unsichtbaren Spielmannszug dirigierte. Am liebsten wäre sie ihr hinterhergelaufen. Früher hätte sie das vielleicht getan, besonders wenn Anthony und Pete dabei waren, denkt sie und richtet sich im Bett auf. Anthony und Pete sind nicht dabei. Sie hatten sie abgeholt, die Arme um sie geschlungen und eine Führung durchs Hotel verlangt. Als sie sagte, dass sie sich nicht wohlfühlte, legte Pete die Hand auf ihre Schulter, und Anthony lachte. *Come on, girl, you're in L. A.*, sagten sie und zogen sie hinaus in die stehende Hitze.

Sie hatten ein Restaurant auf dem Broadway ausgesucht. Das Brot dort war wie eine Meeresschildkröte geformt, und das Essen musste man aus einem Labyrinth holen. Es war gut und reichlich, aber das ganze Entertainment war unmöglich zu überblicken. Es fiel ihr schwer, auf den Teller zu schauen. Wenn sie es versuchte, blickte sie in ein schwarzes Loch. Wie ein Eisloch zum Angeln, dachte sie und sah an die Decke, aber es half nichts. Während sie aßen, erzählten Anthony und Pete Anekdoten aus ihrem Leben. In einigen kam sie als Statistin aus alten Tagen vor. Sie versuchte, mit ihnen zu lachen, aber irgendwann musste sie aufstehen. *Erzählt nur weiter. Mir kribbeln bloß die Beine*, sagte sie, obwohl es nicht stimmte. In Wirklichkeit hatte sie Angst, in das Eisloch zu rutschen. Anthony nutzte die Gelegenheit, um sie ein wenig aufzuziehen. *Du siehst lustig aus*, sagte er, und beinahe hätte sie gefragt, ob sie einen guten Arzt empfehlen könnten, aber davor hatte sie auch Angst, also blieb sie einfach stehen.

In diesem Moment erblickte sie auf einer anderen Ebene des Restaurants einen Mann. Es war ein ziemlich alter Mann. Braun gebrannt und runzlig von der Sonne. Er trug sein viel zu schwarzes Haar, wie es in ihrer Kindheit Mode war. Eine *Glam Rock*-Frisur, und er redete mit ein paar Frauen, die alle ziemlich zusammengenäht aussahen. Keine von ihnen war schön.

Alle in Downtown sahen aus, als wären sie ein bisschen krank, und dieser Mann auf der anderen Ebene war dünn wie eine Rasierklinge.

Es war einfach zu viel für sie, und sie bat Anthony und Pete, sie zurück ins Hotel zu bringen. Das taten sie, aber worüber sie auf dem Heimweg redeten, weiß sie nicht mehr. Sie dachte daran, wie Pete und Anthony ihr damals Lektionen in Sachen Männer erteilt hatten. Wie sie liebkost werden wollten, wie sie über gewisse Dinge dachten. Ihre Grundregel für den Umgang mit Männern jeder sexuellen Orientierung lautete, dass sie ein zartes Ego hatten. Ordentliche Männer wussten, dass dem so war, und wenn sie sich auf den Schlips getreten fühlten, zogen sie sich zurück, ehe sie reagierten. So hielten ordentliche Männer sich selbst unter Kontrolle und von impulsiver Aggression fern. Schlechte Männer hingegen reagierten prompt auf jedes Gefühl der Unsicherheit oder auf verletzte Eitelkeit. Sie hielten es für ihr Recht, um sich zu schlagen. Manche verbal, andere physisch. Egal wie, von der Kategorie Nummer zwei sollte man sich fernhalten, erklärten sie ihr. Ein Mann hat nur seinen Stolz, sagten sie, und damals fand sie, dass dies gut klang. Wenn sie sich nicht so schwer gefühlt hätte, als sie zum Hotel zurückgingen, hätte sie die beiden noch einmal gefragt, aber sie schaffte es kaum, sich bei Pete unterzuhaken und zu sagen, wie müde sie sei. So war es, und nun liegt sie hier und sehnt sich nach Kanada. In Kalifornien, vielleicht in den ganzen Vereinigten Staaten, denken sie, Kanada sei ein langweiliges Land. In Hollywood-Filmen gibt es viele Kanadierwitze. Sie handeln davon, wie langsam die Kanadier sind. Ihre Polizisten tragen rote Uniformen und reiten auf Pferden. Die englischsprachige Bevölkerung spricht die Os lustig aus, was man besonders in dem Wort »sorrow« hört. *Soooorow*, sagen sie, als wollte das Wort einen umarmen. Die zwei kanadischen Eishockeybrüder waren vor allem gut erzogen gewesen. Sie waren hübsch mit ihren halblangen, dunklen Haaren, und sie stellten ihre Teller nach dem Essen in die Spüle. Sie bedankten sich für die Mahlzeiten und machten ihre Betten selbst. Langweilige Kinder, aus heutiger Sicht, denkt sie und streckt die Beine unter die Decke, bis die Strümpfe herausragen. Einer der Jungen hatte am Abend in ihrer Tür gestanden und um ein paar Socken gebeten. Sie hatte ihn verstanden und war hinunter zu Mutter gegangen, um ein Paar Wollsocken zu holen. *Thank you*, sagte er, als sie sie ihm gab. *We get cold feet in Canada*, sagte er, und sie nickte, er lächelte, und sie gingen jeder auf sein Zimmer, schliefen ein, und nun liegt sie hier und betrachtet den Turm mit der Christbaumkugel. Die Kugel kann nicht läuten, und unten auf dem Platz gehen die Laternen an. Eine Frau mit Zylinder und Regenschirm läuft dort herum, eine dürre, schwarze Gestalt zieht wie ein Rasiermesser durch die Szenerie. Sie legt die Hand auf die Brust, es drückt im Innern, und auf den Seen Kanadas liegt Eis.

CAPRIFOLIUM

Im Jahr, bevor er sie traf, hatte er im Rahmen seines Medizinstudiums an der NYU Immunforschung betrieben. Dort hatte er sich angewöhnt, auf dem Heimweg durch das Viertel von Brooklyn zu gehen, wo die chassidischen Juden wohnten. Fremde waren dort nicht gern gesehen, aber er war diskret und tat, als hätte er etwas zu tun. Die Frauen liefen in ihren langen Röcken herum, und manchmal gelang es ihm, sie unauffällig zu beobachten. Züchtige Kleidung, hochgeschlossene Blusen mit langen Ärmeln, ungeschminkt. Im Grunde langweilig für westliche Männer, aber plötzlich stand er da mit einer heftigen Erektion.

In solchen Augenblicken blieb die Welt für ihn stehen. Im Juli, als die Hitze am schlimmsten war, blieb er oft bei den großen Staudenbeeten im Central Park stehen. Die hochwachsende Iris, der Duft der Rosen, und an einer Stelle wuchs Geißblatt. Er stand in der Sonne und dachte an den Garten seiner Eltern in Risskov. Vielleicht hatte er Heimweh, am meisten nach dem Anblick des Hauses von der Straße aus. Oder wenn man alte Familienbilder betrachtete. Heute wollte seine Mutter nicht mehr fotografiert werden, und sein Vater besaß sowieso keine Kamera. Stattdessen ging er in der Gartenarbeit auf. Im Vorgarten standen nur gestutzte Eiben und Thujen, aber hinter dem Haus war für Rosen gesorgt. An der Südwand rankte ein Geißblatt empor. In der Blütezeit hing sein süßer Duft über dem ganzen Garten, und seine Gefühle waren verwirrt.

Doch als er im Sommer '88 heim nach Aarhus kam, fand er sie auf einem Sofa in Hasle. Sie hatte ein zurückgezogenes Gesicht. Das dachte er erst hinterher, aber es stimmte. Die dicken Brillengläser, das schwarze Haar, die kleinen Augen. Sie saß mit zwei Freundinnen auf einem Sofa. Die anderen waren hübsch, aber gegen die Schwarzhaarige kamen sie nicht an. Es gab Tee und Kekse, und sie saß im Sommerkleid an der gepolsterten Armlehne und sagte, sie studiere Sozialpädagogik. Er wollte weiter an der Uniklinik in der Immunologie forschen, und er konnte den Blick nicht von ihr abwenden. Es war die Art, wie sie den Mund bewegte, ohne dass die Worte Kontakt mit den Augen hatten. Auf dem Flur fragte er sie, wie viel sie eigentlich sehen könne, und sie hielt die Fäuste wie ein Fernglas vor beide Augen. Damit wollte sie sagen, dass sie nur durch eine Art schmalen Tunnel klar sehen konnte. Es sei angeboren, erklärte sie, ihre Augen lebten nicht richtig, und das stimmte. Sie hatte etwas Unberührtes, und als er auf dem Fahrrad heimfuhr, fiel ihm ein, dass ihr Gesicht zurückgezogen war. Er konnte kaum noch im Sattel sitzen und in die Pedale treten.

An den Tagen darauf fand er keine Ruhe. Ihr diskretes Gesicht suchte ihn heim. Er onanierte im Badezimmer, im Bett, im Treibhaus seiner Eltern während eines Sonntagsessens, als der Rest der Familie vom Duft des Geißblatts berauscht war. Sie saßen auf der Terrasse, sein Bruder mit Familie, Onkel Tyge mit seiner neuen Frau, Mutter und Vater an den Tischenden. Als er fertig war, stand alles still. Er glaubte, das Treibhaus nicht verlassen zu können. Von dort, durch Weinranken und reife Tomatenstauden betrachtet, sah die Szene wie das sommerliche Gartenmahl einer gesetzten Familie aus. Die große Salatschüssel mit den ölglänzenden Blättern, der Weißwein und Mutters geschwollenes Gesicht. Weil die Familie diese extremen Äderchen in den Wangen hatte, war Mutters Zustand auch durch das Treibhausfenster zu erkennen. Vater redete von elektrischen Heckenscheren.

Bevor er ging, überredete er sie, sich an der Südwand des Hauses in der Sonne aufzustellen. *Wir machen überhaupt keine Familienbilder mehr*, sagte er. Zuerst wollte seine Mutter nicht mitmachen. Er solle nicht so dicht rangehen, sagte sie. Er ging weiter zurück, zoomte sie heran und knipste. Da stand sie und blühte im süßen Duft.

Das Mädchen aus Hasle hieß Annette, und sie war nicht so. Sie konnte nicht viel sehen, aber das machte nichts, weil er für sie beide sah. Genau genommen passte ihm das, denn so durfte er ein unsichtbarer, aber aufmerksamer

Mann sein. Ein Mann, der immer mit einer leichten Hand an der Lende seiner Frau zur Stelle war. Es störte ihn nicht, dass er nur eine Nebelgestalt auf ihrer halb toten Netzhaut war. Nie würde sie seine Grimassen kommentieren. Der Gedanke erfreute ihn, und er schlug die Beine übereinander, als er in der Linie 8 auf dem Platz für Behinderte saß, wo ihn einmal eine überschminkte junge Frau mit der Behauptung verscheucht hatte, sie sei Semiotikerin und habe müde Beine. Das war vor Amerika, vor den Spaziergängen in der wohlgeordneten Ferne, und diese Art Frauen interessierte ihn nicht mehr.

Annette studierte Sozialpädagogik mit Hilfsmitteln vom Blindeninstitut. Sie stammte aus Randers. Ihr Haar war schwarz, das Gesicht weiß und ihr Körper ein wenig provinziell, und er konnte sie nicht ins Kino einladen. Stattdessen nahm er sie mit zum Konzert im Tangkrogen. Eine Decke auf dem Gras, Weißwein und seine Hand in ihrer. Manchmal sang sie mit, und er erzählte von seiner Familie in Risskov. Sein Vater sei Arzt, sagte er, und seine Mutter Kindergartenpädagogin. In seiner Freizeit war sein Vater ein Gartenmensch, eine Identität, die er sich durchaus auch für sich vorstellen könnte, gestand er. Jedenfalls hatte er immer schöne Spaziergänge im Central Park gemacht, als er in den USA Immunologie studierte. Die Lilien waren so schön dort, und der Duft des Lavendels fast wie in der Provence. Annette liebte den Duft von Blumen ebenfalls, und während sie erzählte, dass sie einmal eine riesige Sonnenblume in Randers gezüchtet hatte, stellte er sich die chassidischen Frauen vor, wie sie an einer Straßenecke weit von Aarhus in ihren langen, schwarzen Röcken standen. Die dunklen Haare noch nicht mit Perücke oder Kopftuch verhüllt, sondern zu langen Frisuren zurückgebunden. Hochgeschlossene Blusen, lange Ärmel und flache Ballerinas an den Füßen. Sie wedelten mit den Röcken und schielten verhohlen nach ihren Vätern oder Brüdern, mit einem zurückhaltenden Lächeln auf den Lippen. Daheim hatte er einmal dasselbe Erlebnis gehabt, als er im Supermarkt hinter einer verschleierten Frau an der Kasse stand. Am liebsten wäre er ihr hinterhergelaufen, aber eigentlich war sie nicht sein Typ. Die meisten jungen Muslimas hatten zweideutige Gesichter, fand er. Dafür hatte er eine Doku über die Amish auf Video aufgenommen. Seit er aus Amerika zurück war, hatte er sie oft angeschaut *(ihre Häubchen, ihre Häubchen, das geflochtene Haar, ihre Häubchen),* aber das sagte er Annette nicht. Auch von dem Bild seiner Mutter unter dem Geißblatt sagte er nichts. Wie er es vergrößert und daheim an den Kühlschrank gehängt hatte, die glühenden Poren, der Weißweinschweiß. Wenn er das Bild ansah, erinnerte er sich an ihren Duft, wenn sie ihm einen Gutenachtkuss gab.

Annette und er taten es zum ersten Mal in ihrem Zimmer neben der Küche in Hasle. Obwohl niemand anders zu Hause war, bestand sie darauf, das Licht auszumachen. Zum Glück war es Sommer, und wenn er sie weit genug nach links schob, fiel das Licht durchs Fenster auf sie. Da lag sie, wie ein bleicher Fleck in der Sommernacht, und er nahm ihr die Brille ab. Ihr nacktes, abwesendes Gesicht erregte ihn, und während ihr schmaler Blick ihn suchte, sagte sie, dass es das erste Mal für sie sei. Er streichelte ihr über die Haare, bis er eine Spur von Dankbarkeit in ihrem Gesicht sah. Allein die

Andeutung gab ihm eine solche Erektion, dass er sich mit einem Arm aufstützen musste. Dann mit der Hand in ihre Hose. Dann der Akt. Er fickte sie, bis ihr Mund zu einem großen O wurde und das schwarze Haar elektrisch knisternd auf dem gestreiften Bettzeug lag.

Nein, sie hatte kein wirkliches Gesicht, bevor er mit ihr zusammen war, und hinterher auch nicht. Aber irgendwo dazwischen gab es ein süßes Aufblühen, eine Identität schimmerte durch, ein feuchter Mund, Tränen, lustvoller Schmerz. Er gab ihr einen Willen, der auf ihn ausgerichtet war, und danach radelte er durch Aarhus nach Hause, in der Gewissheit, dass er sie behalten würde. Und so waren die Jahre vergangen. Er hatte sie behalten, und wie oft er es mit ihr getrieben hatte. Manchmal, wenn er unter dem Geißblatt in ihrem Garten in Risskov saß und betrachtete, wie sie blind auf den Mähroboter starrte, mit rotem und leicht angeschwollenem, aber immer noch ziemlich anonymem Gesicht, dachte er daran, wie oft sie es getrieben hatten. Es war unglaublich, dass ihr Gesicht weiterhin nur durch seine Hilfe zu existieren schien. Ihre Sprache hatte sich entwickelt, kein Zweifel. Ihr Versuch, eigenständig etwas zu bewirken, und die plötzlichen Tränenausbrüche, die sie oft vom Tisch trieben, waren Anzeichen eines individuellen Charakters. Der Rest jedoch, dachte er, war ein Kontinuum.

AUF SCHMALEN ASPHALTIERTEN WEGEN

Am ersten Juni bekam Einar Krebs diagnostiziert. Am zweiten Juni rief Alice seinen Bekanntenkreis an und sagte, Einar habe Krebs und würde wohl sterben. So abgemagert, wie er war, könne sein Körper sich nicht mehr gegen die Krankheit wehren. Es sei auf jeden Fall das Beste, wenn Einar, der unverheiratet und kinderlos war, so schnell wie möglich in ein Hospiz käme, meinte Alice. Ihr Mann war auch in einem Hospiz gestorben, und das *war seine beste Zeit*, sagte sie am Telefon, wenn die Bekannten mit einem *Armer Einar* aufs Sofa oder einen Küchenstuhl sanken.

Am fünften Juni ging Alice auf den schmalen asphaltierten Wegen des Viertels zu Einar, dessen Tür nie verschlossen war. Sie ging durch den Garten in die Küche, wo sie den Kranken mit einem Schnaps und einer Zigarre fand. Er wirkte ängstlich und willenlos, und Alice begrüßte ihn mit dünnen, warmen Händen und festem Blick. Dann rauchten sie zusammen, und sie sagte ihm, wie man mit der schweren Krankheit umging. Ihr Vater sei Zahnarzt gewesen, man habe keine Wahl und müsse die Dinge nehmen, wie sie kamen, aber Einar saß mit abwesendem Blick da. Er starrte auf das Vogelbrett vor dem Fenster und sagte: *Als Mutter starb, kam ein Rotkehlchen ans Fenster. Es besuchte mich den ganzen Winter. Das war Mutter.* Am selben Abend telefonierte Alice in die Runde und sagte, sie fürchte, dass Einars Krebs Metastasen im Gehirn gebildet habe.

Am zehnten Juni war Einar mit seiner Schwester beim Arzt und besprach mögliche Behandlungen. Es war am Vormittag, und der Arzt sagte, solange er Schnaps trinke, könnten sie ihn nicht behandeln. Am Abend desselben Tages rief Alice alle an und sagte, die Schwester habe leere Schnapsflaschen und leere Rotweinkanister in der Wohnung des Kranken gefunden, aber kaum Essen. *Wer nicht isst, kann auch nicht gesund werden*, erklärte Alice, das habe ihr Vater immer gesagt. Als ihr Sohn klein war, hatte sie dasselbe zu ihm gesagt. *Man muss was auf den Rippen haben für die Abwehrkräfte.*

Am Tag darauf ging Alice auf den schmalen asphaltierten Wegen des Viertels zu dem Kranken, der schief auf einem Küchenstuhl saß und von all den Jahren redete, auf die er sich noch freute. Die Zukunft entfaltete sich vor Einars Augen, er malte sie in nebulösen Bildern aus. Vor ihm lagen ein paar Nervenpillen, die der Arzt ihm verschrieben hatte. Er schob sie auf dem Tisch herum und erzählte, was er nächstes Jahr im Garten anpflanzen wollte. Außerdem verriet er, wie er geheilt werden würde: Eine Frau, mit der er dienstags Krocket spielen ging, hatte ihm ein Buch gebracht, in dem stand, wie man sich vom Krebs gesund essen könne. Zitronen und Natron konnten Wunder wirken. Die Frau hatte gleich Vorräte mitgebracht. Alice schaute im Kühlschrank nach: Er war voll mit Zitronen und Natron, die sie kurzerhand in eine Mülltüte beförderte. Dann setzte sie sich zu ihm und legte eine dünne Hand auf seine: *Mein Vater war Zahnarzt*, sagte sie, *und Natron kann höchstens einen Kuchen retten.* Danach ging Alice heim und rief die Frau mit den Zitronen an. Sie forderte sie unverblümt auf, sich zum Teufel zu scheren. Vielleicht ein wenig zu hart, dachte sie hinterher, bevor sie die anderen anrief. Sowieso hatte der Kranke dem Schnaps den Vorzug gegeben, und die verschriebenen Nervenpillen lagen wie Minzpastillen auf dem Tisch. Einars Zustand nach zu urteilen, wusste er nicht, was in seinen Dosen war. *Lass uns hoffen, dass er ins Hospiz kommt*, sagte Alice zu allen, die Einars letzte Tage verfolgten, und dann ging sie zu Bett und schlief tief und fest.

Zwischen dem zwölften und neunzehnten Juni besuchte sie Einar jeden Tag. Er lag nun immer öfter im Bett, weshalb es leichter war, an seine Füße zu kommen. Sie zog ihm die Socken aus und massierte seine knorrigen Füße, denn das tat gut. So saß sie am Fußende von Einars Bett und erzählte von ihrem Vater, der Zahnarzt war, von ihrer Zeit als Lehrerin, von ihrem verstorbenen Mann und ihrem Sohn, der als Kleinkind sehr süß war. Der große Kater, der immer in Einars Nähe lag, war leicht runterzuschubsen. Er schlich um das Bett und schielte Alice böse an, während sie über die Zukunft redete. *Zum Beispiel bestimme ich selbst, was bei meiner Beerdigung geschieht*, sagte Alice zu Einar, der zwischendrin mehrmals im Schnapsrausch versank. *Ich weiß genau, was sie singen sollen*, und Einar öffnete mühsam ein Auge und sagte: *Aber ich habe doch noch lange zu leben.*

Das sagte er am neunzehnten Juni, aber am Tag darauf hatte er einen Termin im Krankenhaus. Alice wusste dies nur vom Hörensagen, weil seine Schwester mit ihm zum Arzt ging. Der Arzt sagte, sie könnten nichts tun, Einar solle nach Hause gehen und das Beste aus seinen letzten Tagen machen. So hatte er sich laut der Schwester ausgedrückt, und am Abend rief Alice den Bekanntenkreis an und sagte: *Jetzt können wir nur noch hoffen, dass er einen Platz im Hospiz bekommt.* Als sie aufgelegt hatte, blieb sie eine Weile sitzen, starrte in die Mittsommernacht und summte unbewusst *Hab Sonne im Herzen.*

Wenige Tage später hörte Einar auf, Schnaps zu trinken. Er hatte keine Lust mehr auf Schnaps, aber seine Zigarre wollte er gerne haben, und die Pillen gegen die Angst. So saß er in der Küche, mit seiner Zigarre und einem Glas Wasser, nur noch Haut und Knochen, und starrte abwechselnd seine geliebte Katze und das Vogelbrett am Fenster an. Seine Schwester pflegte ihn. Alice stand regelmäßig in der Tür, im schwarzen Rollkragenpulli, Mentholzigaretten in der Tasche. Ihr Haar war hübsch im Nacken hochgesteckt, ihre Füße waren groß, fast wie die einer Krähe, dachte Einar, als Alice in der Johannisnacht die Einzige war, die ihm auf die Toilette helfen konnte. Er musste die ganze Zeit pinkeln, und das sagte Alice am nächsten Morgen: *Alles läuft direkt durch Einar hindurch.*

Am achtundzwanzigsten Juni hatte Einar Geburtstag, und sie stapelten ihn mit Sitzkissen in einen Sessel. Er bekam Geschenke und gute Wünsche für die Zukunft, er bekam ein Stück Sahnetorte, und von einem entfernten Bekannten, den Alice angerufen hatte, bekam er eine Geburtstagskarte, auf der in goldenen Buchstaben HERZLICHEN GLÜCKWUNSCH stand. *Wie ich höre, hast Du gesundheitliche Probleme*, hatte der Bekannte geschrieben, *aber das wird wieder gut. Die Ärzte sind so tüchtig heutzutage*, und Einar las die Karte und schob sie unter das Glas mit dem Wasser, das direkt durch ihn durchlaufen sollte.

An den folgenden Tagen lag Einar die meiste Zeit im Halbschlaf, während der Regen aufs Dach trommelte. Als Alice eines Morgens unangemeldet in der Tür stand, sagte seine Schwester, er brauche jetzt Ruhe, *keine Besuche mehr.* Alle auf der Liste gingen ans Telefon, und Alice sagte: *Ab jetzt schicken wir unangemeldete Gäste weg, keine Besuche mehr!* Bis auf die Frau mit den Zitronen sagten alle, wie gut es sei, dass Einar Alice habe. Dem konnte sie nur zustimmen. Wenn sie einmal starb, hätte sie gerne jemanden wie sich selbst bei sich, obwohl sie am liebsten im Hospiz sterben würde. Es war so schön im Hospiz, und in dieser Nacht träumte sie, sie könne fliegen. Sie flog so strahlend in ihren schwarzen Kleidern, frei fühlte sie sich, und ewig. Unter ihr die Felder, Strände und Straßen, alles für immer und ewig ihr Reich. Trotzdem wachte sie am ersten Juli mit einem starken, bronchitisartigen Husten auf, der sie am Boden hielt.

Am vierten Juli traf Alice seine Schwester auf einem der Wege im Viertel, und die Schwester sagte, dass es nicht mehr lange dauern würde. Sie bat Alice, heimzugehen und zu warten, und Alice ging heim und tat kund, dass *es nicht mehr lange dauern würde.*

Am späten Abend versammelten sich die Familie und Einars Trost und Liebe, die Katze, an seinem Sterbebett. Man hielt sich die Hände, ein Kirchenlied wurde gesungen, und um vier Uhr morgens schlief Einar im festen Glauben, dass er eine Zukunft hatte, ein.

Am sechsten Juli hatte Alice viel zu tun. Sie musste wissen, wie die Trauerfeier ablief, ein Gesteck bestellen und ihre schwarzen Gabardinehosen bügeln lassen. Sie war mehrmals beim Kaufmann gewesen und hatte wieder und wieder dieselbe Geschichte erzählt, wie friedlich alles geendet war. Über Einars geliebten Kater ging das Gerücht, dass er zu Füßen des Toten sitze und maunze. Das Gerücht erreichte Alice an der Schiebetür des Supermarkts, und auf diese Katze sollte die Familie nicht spekulieren, fand sie. Am Nachmittag stand Alice mit einer Transportkiste im Haus des Verstorbenen. Die Schwester schien verheult, aber auch erleichtert, und Alice sagte: *Von nun an wohnt die Katze offiziell bei mir*, und der Bestattungsunternehmer, der den Kopf aus dem Schlafzimmer des Verstorbenen streckte, schien ebenfalls erleichtert. Es war nicht leicht, die Katze in die Kiste zu stopfen, sie fauchte und kratzte. Daheim stellte sie die Kiste ins Badezimmer und rief den Tierarzt an. Am späten Nachmittag war ein Termin frei, und die Katze bekam ihre Spritze und schlief im Glauben, dass sie eine Zukunft hatte, ein.

Am elften Juli war die Beerdigung. Es war zwei Uhr, und die Leute kamen zeitig. Sie gingen still in die Kapelle, um sich einen Platz zu sichern, denn der Tote war ein beliebter Mann gewesen. Die engsten Angehörigen und Freunde saßen in den vorderen Reihen, und um dreizehn Uhr fünfunddreißig drängelte Alice sich an den anderen in der Vorhalle vorbei, stieg selbstsicher über Blumensträuße und Kränze und bahnte sich ihren Weg zu der Bank, die am dichtesten am Sarg stand. Dort saß Alice mit gefalteten Händen vor der Familie und las die Aufschriften der Seidenbänder.

Es war ein würdiger, leiser Beerdigungskaffee, belegte Brötchen, Brezeln und einen Schnaps für alle, die es brauchten. Im Hof wurde geraucht, und dort erklärte Alice dem Bekanntenkreis, was in Einars letzten Tagen geschehen war, und wofür sie dankbar sein sollten: dass es schnell ging, dass er keine Schmerzen hatte und dass die Katze ein neues Zuhause gefunden hatte. Dann ging jeder für sich nach Hause, in Erwartung des Alltags, und gegen elf Uhr am ersten Abend von Einars Ewigkeit sank Alice auf den Suhl am Küchenfenster und fühlte sich innerlich leer. Ein kleiner Zaunkönig wippte auf der Eibe unter der Fensterbank, und Alice fühlte einen Anflug von Hunger. Keine Zwischenmahlzeiten, sagte sie zu sich selbst, holte ihr Notizbuch, schrieb: *Einar begraben, Katze eingeschläfert. Gut, dass man helfen kann* und machte das Licht aus.

IN ST. PAUL'S CATHEDRAL

Die Sonne im Zenit über St. Paul's, er steht drinnen und betrachtet eine schwarze Madonna, während sie draußen auf dem Platz in der Sonne brät. Er hat sich schon daheim über alle Kirchen vorgebildet. Die Kuppel von St. Paul's ist grandios, und es war seine Idee, sie auch von innen zu erleben. Die schwarze Madonna stillt ihr Kind, ihre Brustwarze ist feucht von Spucke. Es ist eine Videoinstallation, das Licht in der Kirche ist gedämpft wie in einem Wald. Man darf nicht fotografieren. Das macht ihm nichts aus. Sie hat die Kamera im Telefon, und sie sitzt da draußen mit Sonnencreme im Gesicht und starrt auf das Display.

Er will Lord Nelsons Sarkophag sehen. Man kann ihn gar nicht übersehen, er steht in der Mitte der Krypta, ein schwarzer Sarkophag auf einem hohen Sockel, umringt von weißen Säulen. Er hat seinen eigenen kleinen Sternenhimmel und eine Königskrone. Horatio Nelson, First Viscount. Man kann das gewaltige Grabmal umrunden, und das tun die Leute, die meisten mit den Kopfhörern des Audioguides. Er bekommt Lust, das Grabmal zu berühren, und legt eine Hand auf den Stein.

Der lauwarme Sarkophag überrascht ihn. Er dachte, er müsse kühl sein. Auf dem Platz brennt die Sonne. Dort sitzt sie, obwohl es in St. Paul's schön schattig ist. Da drinnen liegt Nelson, der Einarmige. Er hatte sich einen kühlen Aufbewahrungsort vorgestellt. Wie ein Vorratskeller. Oder wenigstens eine Temperatur wie unter der Tribüne. Da ist es kühl. Das weiß er. Als Kind war er immer mit seinem Vater und seinem großen Bruder in der Halle. Während sie auf der Tribüne saßen und die Stürmer anfeuerten, verkroch er sich unter der Tribüne. Die Spieler schlitterten in großen, selbstsicheren Kreisen hinter der blauen Linie vorbei. Sie prallten so fest gegen die Bande, dass das Plexiglas zitterte, und in jeder Pause bekam er von seinem Vater eine Krone für Süßigkeiten. Dann stand er in der Schlange vor dem Kiosk und rechnete aus, was er sich dafür kaufen konnte. Die Pausen mochte er am liebsten, wenn die Eismaschine über das Spielfeld fuhr und die zerfurchte Fläche glättete. Wenn das Spiel wieder begann, verschwand er unter der Tribüne. Dort war es extra kühl, so, wie er es sich bei Lord Nelson vorgestellt hatte. Jedenfalls eine Temperatur, bei der man erwarten konnte, dass die Leiche gut konserviert ist. Dass der Lord nicht da drinnen lag und kochte. Im Fernsehen hatte er einmal gesehen, wie sie eine vierhundert Jahre alte Leiche aus einem Sarkophag hoben. Er hatte unter idealen Temperaturverhältnissen gestanden, sodass die Leiche einfach eingetrocknet war. Wie eine tote Maus, die man auf dem Dachboden findet, intakt, und der Konservator nahm ein Messer, öffnete die Leiche und zog die vertrocknete Verstopfung heraus. Sie sah aus wie ein Strandstein, oder wie ein Puck, wenn man so will. Zu Hause spielte sein Bruder auf der Terrasse mit dem Puck. Manchmal durfte er einen Schläger leihen und sollte versuchen, seinem Bruder den Puck abzujagen. Schon möglich, dass er ihm dabei mit dem

Schläger eine versetzte. Dann warf sein Bruder sich auf ihn, rang ihn zu Boden und legte die Knie auf seine Arme. Er wusste, dass er ihm ins Gesicht spucken würde, also spuckte er zuerst, mit dem Ergebnis, dass die Spucke in seinem eigenen Gesicht landete.

Unter der Tribüne konnte er alles sehen, was die Jungs und ihre Freundinnen mit dem blauen Lidschatten zwischen den Reihen hindurchfallen ließen. Er betrachtete die Sachen Stück für Stück, und wenn man ganz nach links oder rechts ging, kam man an die Ecken der Eisbahn, die unter der abgerundeten Bande hervorragten. Dort konnte er in seinen Gummistiefeln schlittern, ohne jemandem im Weg zu sein. Ein kleines Dreieck Eis, und *swusch* rutschte er an der Bande entlang, und *swusch* wieder zurück, während die Spieler gegen das Plexiglas knallten: Visiere, gepolsterte Handschuhe, Hodenschützer und Brustpanzer, spuckend, schwitzend, und *swusch*, verschwand er wieder unter der Tribüne.

Ein seltsamer Gedanke, dass er so dicht an Lord Nelson steht. Dass er da drinnen im Warmen liegt, einarmig und einäugig. Er hat über die Seeschlacht von Kopenhagen gelesen und weiß, dass Lord Nelson am Gründonnerstag 1801 angriff und dass die Schiffe der englischen Flotte seltsame Namen trugen: *Elephant, Defiance, Ganges, Monarch, Agamemnon* und *Désiree.* Als Kind hatte er Modelle von Nelsons Schiffen gebaut. In den Schachteln waren Kanonen, die so winzig waren, dass man sie mit der Pinzette greifen musste. Einmal ließ er eine in sein Saftglas fallen und kam auf die Idee, sie mitzutrinken. Sie war so klein, dass er nichts bemerkte, und wenn sie nicht irgendwo im Gewebe steckte, war sie sicher auf der Toilette wieder rausgekommen. Das mit dem Saft erzählte er der Frau, die draußen in der Sonne stand, nicht, aber er rasselte die Namen von Nelsons Schiffen herunter. Sie interessierten sie nicht. Er knuffte sie und fragte, ob sie denn nie von damals gehört habe. Nelson, der das Fernrohr vor sein blindes Auge hielt? Sie sah ihn an, und er hielt die Hand vors Auge und formte sie zu einem Fernrohr. *Ich kann kein Rückzugssignal sehen*, sagte er.

Er fand es lustig, aber sie wollte auf die Toilette, und er musste auf ihr Telefon aufpassen.

Sie spielt ein Spiel mit Ballons, die man zerplatzen lässt, und jetzt steht er hier bei Lord Nelson. Seine Hand berührt den Sarkophag. Er ist wohl nur noch ein Skelett in Uniform, denkt er, und klapperdürr. Sein Bruder spielte Eishockey mit einem dürren Jungen. Er war nur ein Strich in der Landschaft, aber eine Eishockeymontur macht jeden stark. Wichtiger ist, ob man sich in das Tackling traut. Unter der Tribüne roch es feucht und dunkel, und nach Eis auf Zement. Lord Nelson wäre besser konserviert dort, aber jetzt liegt er hier. Tot und umgänglich. Im Leben war er beeindruckend, und auch sein Sarkophag ist imposant. Eigentlich wäre es schön, wenn sie jetzt neben ihm stünde. Früher sind sie immer zusammen in Kirchen gegangen. Vor zehn Jahren hätte sie hier neben ihm gestanden. In der Handtasche hatte sie Safttüten, desinfizierende Tücher und einen Fettstift. Früher ging sie nie ohne Obst in der Tasche aus dem Haus. Er hat ihr Kinder gegeben, es hat ihnen nie an etwas gefehlt. Als Letztes sah er sie draußen in ein Mandelcroissant beißen, mit glühend heißem Kaffee nachspülen und auf ihr Telefon starren. Wie kann man bei dieser Hitze Kaffee trinken, denkt er und schließt halb die Augen. Er sieht die kleinen Dreiecke aus Eis an den Ecken des Eishockeyfelds. Er sieht seine Gummistiefel übers Eis rutschen. Er lehnt sich an die Bande. Nun kommen sie, die Spieler, und hämmern gegen das Plexiglas. Sie kämpfen mit Schlägern und Rüstungen. Er riecht das Ammoniak. Er ist so klein, dass keiner ihn sieht. Er sammelt Spucke im Mund. Er beugt sich nach vorn, und dann spuckt er sie an. Er hat nicht viel Spucke, kaum der Rede wert, wie sie zuerst am Plexiglas hinabläuft, und dann am Marmor. Nein, es ist kaum der Rede wert.

DIE GEFRIERTRUHE

Wenn ich an die Sache mit der Gefriertruhe denke, fühle ich mich wie auf der Fähre. Sie schaukelt, und draußen liegt das Meer, schwarz, denn es war Januar. Ich erinnere mich an das künstliche Licht in der Ecke, in der sie saßen, Mark und die anderen: Beostær, Henriette, Poul, Susanne und ich, etwas abseits mit unserem Englischlehrer Bo, der sich gerne mit mir unterhielt, er sagte: *Man merkt gar nicht, dass du so jung bist.* Auf jeden Fall saßen sie in der anderen Ecke, es war 1989, und der DJ war gegangen, keiner hatte Lust zu tanzen, es war spät und noch weit bis Harwich, und dann ging er trotzdem schlafen, der Englischlehrer, und ich war eigentlich mit Henriette befreundet, deshalb wusste ich nicht, was ich tun sollte, aber dann rief er mich zu ihnen, Mark, und sagte, er wolle mir die Geschichte von der Kühltruhe erzählen.

Ich hätte es kommen sehen sollen, er hat ja nie einen Hehl daraus gemacht, dass er mich nicht mag. Einmal sagte er es mitten in der Mensa, als wir zusammen an einem Tisch saßen. Er sagte es ohne Umschweife: *Ich kann dich nicht leiden.* Es war nur eine beiläufige Bemerkung, aber es wurde ganz still, obwohl Henriette auch dabei war, und ich dachte, sie würde protestieren, so etwas sagt man doch nicht, schließlich waren wir auf der Hochschule, nicht in der achten Klasse. Aber Henriette schwieg, deshalb sagte ich es selbst, *so etwas sagt man doch nicht.* Mark sah mich an und sagte, doch, irgendjemand müsse es ja sagen. Mark war etwas älter als wir anderen, ungefähr fünfundzwanzig, glaube ich, und er saß dort mit einem Freund, der Pädagogik studierte, und Mark konnte mich nicht leiden, während Henriette Kartoffelsalat aß und Cola trank, und soweit ich mich erinnere, sagte der Lehramtsstudent auch kein Wort.

Aber dann kam Mark mit auf die Studienreise nach London, und mir war klar, wie schwierig das werden würde. Mark konnte mich nicht leiden, na gut, aber die die anderen konnten ihn gut leiden, das war das Problem. Obwohl ich mit Henriette befreundet war, musste ich mit dem Englischlehrer vorliebnehmen, der behauptete, er sei einmal Pilot in der kanadischen Luftwaffe gewesen. Während er erzählte, wie die altersbedingte Weitsichtigkeit zwischen ihn und die Luftwaffe gekommen war, saß ich da und schielte zu der kleinen Schar hinüber, in deren Mitte Mark saß. Henriette war auch dabei, sie lachte jedes Mal, wenn Mark etwas sagte, aber als der Englischlehrer schlafen ging, rief mich Mark plötzlich zu ihnen, und dann erzählte er die Geschichte mit der Tiefkühltruhe.

Er sei einmal ein guter Gitarrist gewesen, sagte er, und habe vor einer großen Karriere gestanden. Mehrere Solisten hätten ihn angefragt, und dass er der Älteste im Kurs war, lag daran, dass er schon ein Leben gehabt habe, ein Leben auf Tour mit seiner Gitarre. Es sei aufregend, aber auch hart gewesen, mit den vielen nächtlichen Auftritten in kleineren Konzertsälen. Ob ich ihm glauben würde? Ich zuckte mit den Schultern, er war schwer zu durchschauen, und man wusste nie, was als Nächstes kam, das hatte ich gelernt, als Henriette und ich ihn einmal in seiner Wohnung besucht hatten. Henriette hatte Mark schon lange privat besuchen wollen, sie sprach oft davon, genau wie sie oft von Inzest sprach. Damals begann man gerade erst, offen über die Dinge zu reden. Henriette hatte etwas darüber im Fernsehen gesehen, sagte sie, und sie fand, dass man hart gegen den Inzest vorgehen sollte. Sie benutzte das Wort *zerstören*, Inzest *zerstöre* das Kind, es würde *nie normal* werden, sagte sie, und ich wollte antworten, dass es nicht nett sei, so über jemanden zu reden, besonders über ein Kind, aber andererseits mochte ich die Art, wie sie darüber redete. Sie war irgendwie konsequent. Außerdem ging ich ja freiwillig mit ihr zu Mark hinauf.

Er wohnte in einer kleinen Zweizimmerwohnung und war mit einer zusammen, die Majke hieß, aber alle nannten sie nur das Bahnwärterhäuschen, weil Mark sie so nannte. Sie war eher der desperate Typ, wie Henriette es ausdrückte. Wir klingelten, und der Lehramtsstudent öffnete die Tür. Henriette fragte nach

Mark, und der Lehramtsstudent antwortete, er käme gleich, wir sollten reinkommen und uns setzen, und das taten wir. Ich fragte mich, wie lange man sitzen bleiben sollte, als Mark aus dem Schlafzimmer kam. Er sei nur mal kurz im Bahnwärterhäuschen gewesen, sagte er, *hier habt ihr mich zurück*. Sie lachten, Henriette und der Lehramtsstudent, und das Bahnwärterhäuschen lachte auch, als es kurz danach rauskam.

Ich wusste nicht, ob ich auch lachen sollte, oder wie lange man sitzen bleiben sollte, das war ja nach der Sache in der Mensa, ich hätte eigentlich gar nicht dasitzen sollen. Aber dann tranken wir Bier, und ich spürte, dass es nur eine Frage der Zeit war, bis die Stimmung umschlug. Und dann kam es. *Mette*, kam es, während Mark zu der Wand ging, an der jede Menge Krimskrams hing, den er von einer Reise nach Marokko mitgebracht hatte. *Mette*, sagte er und nahm ein ovales Teil von der Wand. Es sah aus wie Beef Jerkey, und er warf es in meinen Schoß und fragte mich, ob ich wüsste, was das sei. Ich sagte: *Ja, das ist ein getrockneter Stierpenis*, und Henriette grölte vor Lachen. Der Lehramtsstudent grölte auch. Das Bahnwärterhäuschen war in der Küche, und Mark verstummte für einen Moment. Damit habe er nicht gerechnet, sagte er, dass ich das wusste. *Nicht schlecht*, sagte er und hängte den Stierpenis wieder an die Wand, während Henriette sich vor Lachen schüttelte. *Du siehst einfach so vertrocknet aus, Mette*, sagte sie. Kurz danach wollte ich heim, und das Bahnwärterhäuschen wollte auch heim. Wir gingen zusammen zur Haltestelle, und sie erzählte mir, wie lustig Mark sei, wenn er mit ihr alleine war. Er sei ein richtiger Teddybär, sagte sie und brach kleine Zweige von den Hecken, an denen wir vorbeigingen. Ich dachte an Henriette und ihr Gelächter. Ich dachte an den Lehramtsstudenten, sein gleichgültiges Gesicht, und was das wohl für ein Typ war, der einen Penis als Souvenir kauft, und gleich nach Neujahr würde er mit uns nach England fahren. Auf der Fähre erzählte er mir dann die Geschichte mit der Tiefkühltruhe.

Er sei einmal ein guter Gitarrist gewesen, erzählte er. *Ob ich ihm glauben würde?* Eigentlich war es mir egal, aber die Stimmung am Tisch verlangte, dass ich Ja sagte, und ich sagte Ja. Wir sollten eine Woche in London verbringen, und ich hatte jetzt schon Heimweh. Henriette saß neben mir, also sagte ich, ja, ich würde ihm glauben, dass er einmal ein guter Gitarrist war. Mark lächelte, ich lächelte, er lächelte, und ich dachte, dass es so leichter sei. Von mir aus hätte er der größte Virtuose sein können, Eric Clapton oder so. Es bedeutete mir nichts. Was mir etwas bedeutete, waren die anderen, deshalb fand ich es nötig, offen dazustehen. Ich war gezwungen, ihn hereinzulassen, und das, obwohl Mark auf dem Korridor vorm Klassenzimmer laut gesagt hatte: *Mette ist nicht pummelig, Mette ist fett*, dass alle es hören konnten. Henriette war auch dabei. Henriette und der Lehramtsstudent. Manche Kröten muss man schlucken, dachte ich, also sagte ich: *Ja, ich glaube dir, dass du einmal ein guter Gitarrist warst*. Ich sagte es so, dass alle es hörten, und dann kam er mit der Geschichte von der Gefriertruhe.

Sein großes Talent sei ihm leider genommen worden, erzählte er, als er eines Tages in der Gefriertruhe seiner Großmutter gewühlt habe, deren Schließmechanismus kaputt war. Und als er dort stand und gerade ein paar Zimtkringel gefunden hatte, klappte der Deckel zu und brach ihm die Finger. Eine Gefriertruhe hatte seine Finger zerquetscht. *Sieh selbst*, sagte er und hielt seine kurzen Finger vor mein Gesicht. *Sieh, ich werde nie wieder einen Barré greifen können*. Es war still, Henriette lächelte, und ich sagte: *Wie ärgerlich*, und er sagte: *Findest du? Ja*, wiederholte ich, *das finde ich*, und dann legte er eine Kunstpause ein und sagte, ohne mit der Wimper zu zucken: *Aber das ist doch alles Lüge, du kleines Dummerchen*. In diesem Moment schaukelte die Fähre, besonders Henriette konnte kaum stillsitzen. Jetzt hätte sie sehen müssen, was für ein Mensch er war.

Es war, als würde eine schwere Tür in mir zugeschlagen. Ich erinnere mich an den Knall. Eine schwere Tür, und dahinter lag Dunkelheit. Während Mark vor den anderen über meine Naivität herzog, fiel ich in meine Dunkelheit zurück und dachte an undurchdringliche Dinge: Zementböden, Plexiglas, Kühlakkus und dass die sicherste Methode, Leute wie Mark zu umgehen, darin bestand, sich zu verschließen. Wenn man sich erfolgreich verschlossen hatte, musste man nur sein Gesicht wiederherstellen und alles dahinter in der Dunkelheit verstecken. Während er den anderen zuprostete, sagte ich zu ihm, wenn er meinte, ich sei so dumm, könnten wir ja wetten, wer von uns das bessere Examen machte. *No problem*, sagte er, ich sagte: *Okay, no problem*, und er grinste. *Geht in Ordnung*, sagte er und schlug vor, um eine Pizza zu wetten, und ich antwortete, *no problem*. Er wollte die Wette unbedingt mit Handschlag abschließen, also schlug ich hastig gegen seine dicken Finger und ging hinaus an Deck, und ich glaube, ich sah England. Auf jeden Fall sah ich das Meer, und über die Woche in London gibt es nicht mehr zu sagen, als dass ich mit achtzehn eine Woche in London war.

Es war kein Problem, einen besseren Notendurchschnitt als Mark zu bekommen. Ich stand einfach nur jeden Morgen auf, ging zur Schule und achtete auf mich selbst. Henriette konnte sagen, was sie wollte, zum Beispiel, wie harmlos die Geschichte mit der Gefriertruhe doch im Vergleich mit anderen Dingen wie Inzest sei und dass ich nicht so empfindlich sein solle. Dabei machte sie ein ernstes Gesicht. Ein Monat holte den anderen ein, und im Juni waren wir fertig. Ich hatte den zweitbesten Durchschnitt der Schule, und Mark kam gerade so weiter, wie ich von Henriette erfuhr, als wir auf einem Pritschenwagen von Elternhaus zu Elternhaus fuhren. Auf einem dieser Feste, wenn man genug vom Feiern und jemand endlich die Stereoanlage heruntergedreht hat, kam Mark plötzlich zu mir.

Er tippte mir auf die Schulter und sagte: *ein Mann, ein Wort*. Er gebe zu, dass er die Wette verloren habe, und mein Examen sei ja ziemlich gut gelaufen. Ich sagte nichts, aber jemand klatschte, und Mark sagte: *Da war doch was mit einer Pizza*, und ich sagte: *Nein*. Und er sagte, *doch, doch*, er wolle mir eine Pizza spendieren, und ich sagte, nein, ich wolle keine Pizza. *Klar willst du eine*, sagte Henriette, aber ich wollte keine Pizza. *Steck dir deine Pizza in den Arsch*, sagte ich so laut, dass alle es hören konnten, denn zu diesem Zeitpunkt hatte ich schon das Zimmer in Kopenhagen, also war es egal. Sollten sie doch denken, was sie wollten. Keiner sagte ein Wort. *Wenn das so ist …*, sagte Mark. *Ja, so ist es*, antwortete ich, und Henriette rief: *Hör auf, Mette, das stimmt doch gar nicht*. Mark sagte, ich sei nachtragend, Henriette sagte, das sei peinlich. Mark sagte irgendetwas von zu kleinen Schuhen, Poul sagte, er könne gut eine Pizza vertragen, und Beostær drehte die Anlage auf, während der Englischlehrer abseitsstand und seine Brille aufsetzte. Ich stützte die Hände auf die Knie und sah auf sie herab, meine Finger haben blanke Nägel, die hinten blau sind, und woran ich mich am besten erinnere, nachdem Mark abgezogen war, ist Henriette, die mich entgeistert ansah. *Das war jetzt nicht dein Ernst*, sagte sie, und ich frage mich, ob sie jemals etwas dagegen getan hat, gegen den Inzest.

MANITOBA

Hinter dem Ahorn schimmert ein schwaches Licht, aber bestimmt ist niemand dort. Die Wege sind nass, Nieselregen, sie schlafen jetzt. Es ist ein Uhr nachts, und sein Gesicht spiegelt sich undeutlich im Fenster. Sie kamen letzte Woche und ließen sich drüben nieder, mit Giebelzelten und einem großen Gemeinschaftszelt. Sie sind vierzehn bis fünfzehn Jahre alt und haben ihre Anführer dabei, aber abends spät laufen sie auf dem Weg herum oder sind drüben im Lager und schreien. Es ist Hochsommer. Er hört alles, es ist das Feld des Nachbarn. Sein Grundstück geht bis an den Fluss, und er pocht auf sein Eigentumsrecht. *Wird guttun, ein bisschen Jugend hier zu haben*, sagte die Frau des Bauern, als sie bei ihm an der Tür stand und ihn über die Ankunft der Jugendlichen informierte.

Sie kamen am sechzehnten Juni und stellten ihre Zelte in professioneller Anordnung auf. Er stand an der Ecke seines Grundstücks und schaute zu, wie die kleine Gesellschaft wuchs. Die Jugendlichen stehen in kleinen Gruppen zwischen den Zelten und schubsen einander. Auf dem Weg zu den Toilettenhäuschen unterhalten sie sich laut. Im Dorf gelten sie als Wunder, aber das Wunder macht Lärm. Wenn es schlafen soll, läuft es im Dunkeln auf den Hohlwegen herum und versteckt sich im Gebüsch. Sie stehen auf dem Pfad zur Schule, graben in ihren Mündern oder flüstern im Schein der Telefone. Schon am zweiten Abend stand er im Dunkeln und hörte den tierischen Lauten zu. Ihr Schreie hallten zwischen den Ställen des Bauern wider, und erst gegen elf hörte der Lärm auf. Da stand er am Rand des Grundstücks und sah, wie das Licht ihrer Telefone in den Zelten flackerte.

Draußen in der Niederung steht ein kleines Haus. Die Rotwildjagd ist vorbei, er könnte dorthin gehen. Es ist bestimmt eine Jagdhütte, aber er weiß nicht, wem sie gehört, und das Eigentumsrecht ist den Einheimischen heilig.

Sie verstehen auch nicht, warum er alleine ist. Er tut ihnen leid, weil er niemanden findet. Aber wenn man jemanden bemitleidet, steht man über ihm. Das weiß er, und jetzt schreien sie. Die Kinder anderer Menschen, Teenager. Gestern Abend stand eines in seiner Einfahrt. Er stand oben vor der Garage, als das Mädchen ihn mit geneigtem Kopf ansah. *Wer bist du?*, fragte sie. Sie wollte wohl zeigen, wie frech sie sein konnte. Er hätte durchaus antworten können, aber er schwieg. Sie trat trotzig in den Kies und verschwand.

Er wird nicht gerade überrannt, aber manchmal ist es schwer, die Leute von der Tür zu halten. Am Anfang kam ab und zu eine Frau mit einem kleinen Hund vorbei. Unter einem Vorwand blieb sie vor dem Haus stehen. Mona hieß sie. Sie brachte ihm geschälte Falläpfel und Rezepte für Hirsch. Einmal lud er sie sogar zu einem Kaffee in der Küche ein. Sie sagte, dass er schön wohne, und schritt die Porträts an der Wand ab. Dann erwähnte sie, dass am nächsten Donnerstag ein gemeinsames Essen in der Gemeinde stattfinden würde. Ob er käme? Das könne er nicht, sagte er.

Das war gelogen. Er konnte wohl, wollte aber nicht. Selbst in seiner kurzen Ehe hatte er die Augen meist auf die Tür zu seinem Arbeitszimmer gerichtet. Dort berichtigte er Aufsätze oder beobachtete den Verkehr auf dem Tagensvej. Die Jugendlichen fuhren mit dem Fahrrad zur Schule, von oben sah er ihre Strickmützen. Es tat gut, sie aus der Ferne zu beobachten, und im Lauf der Jahre war manchmal ein Mädchen mit Potenzial in der Klasse. Eine, die etwas aus ihren Aufsätzen machte. Oft stand sie in der Nähe des Lehrerzimmers, wenn er herauskam. Ihre Augen waren groß und voller Fragen, und irgendwann war sie verschwunden. Jetzt sind Pfadfinder auf der anderen Seite des Weges, aber draußen in der Niederung steht eine Jagdhütte. Unter dem Giebel hängt ein Stück Treibholz, auf dem mit schwarzer Farbe MANITOBA geschrieben steht. Hinter dem Fenster stehen zwei Tassen mit Teelöffeln darin. Manchmal sitzen dort zwei Personen und beobachten das Rotwild und die Füchse. Er selbst würde dort sitzen und genießen, dass es immer möglich ist, sich ein Stück weiter zurückzuziehen.

Als Mona bei ihm im Haus war, fragte sie: *Dann sind deine Kinder wohl in Kopenhagen?* Er war ihr keine Antwort schuldig. Ihre Kinder seien schon erwachsen, sagte sie. Sie geht mit dem Hund spazieren, und er hat den Eindruck, dass man ihn bemitleidet. Dafür gibt es keinen Grund, obwohl es ihn seine Ehe gekostet hat. Aber ein geschiedener Mann, der keine Frau mehr findet, ist ein Mann im freien Fall, in seinem eigenen Morast. So sehen sie es, deshalb hält er den Kiesweg und die Einfahrt peinlich in Ordnung. Jeden Morgen zieht er die Jalousien hoch. Die Bauern und Landarbeiter, die hier wohnen, würden niemals auf die Idee kommen, die Jalousien hochzuziehen, weil das die Aufgabe der Frau ist. Erst wenn die Jungen eine Freundin haben, werden sie hochgezogen. Er aber zieht sie selbst hoch, also muss er wohl schwul sein. Früher war er einmal Lehrer und musste sich mit den Kindern anderer Leute herumschlagen. Bis sie mit ihrem Pausenbrot dastand, am Fahrradschuppen. Er war lange Lada gefahren, aber dann war er aufs Fahrrad umgestiegen. Sie stand still bei seinem Gepäckträger. Von Weitem sah es aus, als würden sie über die

Hausaufgaben reden. Aus der Nähe war ihre Haut dünn und lebendig.

Jetzt reicht es, aber sie schreien noch immer, und er wünscht, er säße in Manitoba. Dort würde er auf den Sonnenaufgang warten, das Fernglas auf das Schilf gerichtet. Im Frühjahr klang die Rohrdommel wie ein Nebelhorn in der Landschaft. Als wüsste sie alles. Es wäre leichter, wenn er Witwer wäre, dann würde der Respekt vor dem Tod sie von seiner Tür fernhalten, denkt er, und drüben bei dem Ahorn, hinter der Vogeltränke, leuchtet ein schwaches Licht. Vielleicht steht dort jemand. Er ist sich nicht sicher, aber im Spiegelbild des Fensters sieht er aus wie ein ganz gewöhnlicher Mann um die sechzig. Er hat nicht mehr das Bedürfnis, seine Abnormitäten zu verändern, will sich nur noch zurückziehen. Wenn er Richtung Südwesten geht, muss er ein paar Entwässerungsgräben und eine Fenne mit Weidevieh überqueren, um nach Manitoba zu kommen. Er könnte einen Schlafsack mitnehmen, denkt er. Wenn man ihn dabei erwischt, dass er in der Jagdhütte eines anderen Mannes schläft, wird er sein Haus verkaufen müssen. Wäre vielleicht auch besser so. Er hätte lieber ein Haus am Ende eines Feldwegs kaufen sollen. Hier ist man sich über alles einig. Das Eigentumsrecht ist heilig, Jugend ist gut, und der Wolf, der neulich gesichtet wurde, muss abgeschossen werden. Es ist nur eine Frage der Zeit, bis er einen anderen Wolf findet, Welpen bekommt und ein Rudel gründet. Das ist woanders auch geschehen, es kommt auch hierher. Sie wollen es nicht. Der Bauer hat einen Münsterländer. Sie durchstreifen die Felder und halten Ausschau nach dem Wolf. Er hat einen Hochstand da draußen, wo er die Tiere von oben sieht. Seine Frau hat keine Angst vor dem Wolf, sie hat vor nichts Angst. Aber sie mag keine Unordnung, und nun vermieten sie brachliegende Felder für Sommerlager. Es geht bis zum Fluss. Tagsüber bauen die Jugendlichen Flöße und Türme aus kleinen Stämmen. Am zweiten Morgen weckten sie das ganze Dorf mit ihren Gesängen. *Ist die Jugend nicht wunderbar?*, sagten der Bauer und seine Frau hinterher. Er antwortete: *Doch, aber sie schreien abends*. Das könnten sie nicht hören, sagten der Bauer und seine Frau und zeigten auf ihr Wohnhaus. Es steht direkt hinter dem Zeltplatz. *Sie schreien wie wilde Tiere*, und da ist wieder der Schimmer hinter dem Ahorn. Neben der Vogeltränke steht eine Gestalt. Jetzt sieht er sie, eine Pfadfinderin in der Sommernacht mit fieberweißem Haar. Er hat alle Lichter ausgemacht, wahrscheinlich kann sie ihn nicht sehen. Ihr Gesicht ist in das fahle Licht des Telefons getaucht. Sie beißt sich konzentriert auf die Unterlippe. Jetzt schaut sie auf. Es ist das Mädchen, das in der Einfahrt gestanden hat. Mit großen Augen sieht sie zu seinem Fenster hinüber. Er drückt das Gesicht gegen die Fensterscheibe und öffnet den Mund. Seine Zähne berühren das Glas, sie spannt die Halsmuskeln an, dann läuft sie den Hang hinab und überquert den Weg, im Nachthemd.

Im Augenblick kann man nicht auf die Jagd gehen. Sie haben gerade erst Hirsche geschossen, er kann gehen, wohin er will, über die Fenne, an den Hecken entlang, zur Niederung mit einer Isomatte. *Aber verändere hier bloß nichts*, sagten sie zu ihm, als er hierherzog, und meinten es als guten Rat. *Das habe ich auch nicht vor*, sagte er und signalisierte seine Anpassungsfähigkeit mit einem Lächeln. Draußen bei den Sicherungen liegt eine Taschenlampe. Er geht hinaus und steckt sie in den Rucksack. In der Küche stellt er den Wasserkocher an. Er hätte sagen sollen, dass sie ihn auch nicht verändern sollten, aber so spielt die Musik nicht, und er nimmt einen Schraubenzieher mit. Die Tür zu Manitoba ist sicher verschlossen.

WILD SWIMS

Am Abend hing die Hitze schwer in der Wohnung. Ich setzte mich in Unterwäsche auf den Boden, schloss die Augen. Unten auf der Straße fuhren die Krankenwagen hin und her, aber ich habe gelernt, nicht mehr jedem hinterherzuschauen. Ich blieb sitzen und stellte mir eine weite, kühle Landschaft vor. Das half eine Weile, aber als die Nacht kam, klebte alles an mir. Ich ging hinaus und spazierte im Villenviertel von Carlsberg umher. Die Vorgärten dufteten nach Holunder und Pfingstrosen, und es tat gut, nachts herauszugehen. Ich betrachtete die schlafenden Häuser und dachte an Emilie. Als wir klein waren, trugen wir Kleider mit aufgedruckten Goldfischen und bettelten um Süßigkeiten und Katzenbabys. Ich dachte an die Kühe des Nachbarn, daheim, an den Trafoturm, den

Fjord, und in Richtung Vesterbro hörte ich wieder Krankenwagen.

Am Tag darauf beschloss ich, mit dem Fahrrad an den Strand zu radeln, aber ich endete am Kastell. Ich spazierte um die Befestigungsmauern, schaute mir die Blumen und das Wasser im Wallgraben an. Es hat seine eigene Geografie, das Wasser, und an manchen Stellen ist es dicht von Wasserlinsen bedeckt. Auf dem Rasen liefen Schwäne und Entenküken herum, zwischen den Seerosen gackerten die Teichhühner. Es war ein entschleunigtes Leben. Ein Schwan flog über die Szenerie, dann ein Hubschrauber, dann ein paar Enten und wieder ein Hubschrauber. Der Himmel wölbte sich, die Gänse grasten. Nicht, dass mir die Idylle zu viel geworden wäre. Eher lag es daran, dass sie hier und doch verschwunden war, auf jeden Fall kamen mir die Tränen.

Auf dem Rückweg las ich das Schild mit den Regeln des Kommandanten. Nirgendwo stand, dass Baden im Wallgraben verboten war. Bestimmt hüpft ab und zu jemand hinein, dachte ich. *Wild Swims* sind ja ein Phänomen, das auch in Europa um sich greift. Ich habe von einer britischen Frau gehört, die das gesamte mittelenglische Wassersystem durchschwommen hat. Jede Nacht war sie draußen, und ich stelle mir vor, wie sie sich Lachstreppen hinauf in ruhigeres Wasser kämpft.

Als wir klein waren, Emilie und ich, nahmen wir einander bei der Hand und wateten hinaus nach Grisetå Odde. Schritt für Schritt, eine führte abwechselnd die andere. Zuerst wollte Emilie umkehren, dann ich, zuerst hatte ich Angst vor den Krabben, dann sie. Wir quiekten vor Freude und Angst, bis wir schließlich am Rand der alten Fahrrinne standen. Sie war eine teerschwarze Flut aus Schleim und Krabben. Nie zuvor waren unsere Füße so weiß gewesen. Emilies wie Schnee, und mein rechter Fuß mit dem Muttermal. Ein Schritt, und wir würden in der dunklen Tiefe landen. Emilie machte einen Schritt rückwärts. Sie zog mich zurück, und hätte sie das nicht getan, wo wäre ich geendet? Fladen Grund? Doggerbank? Jedenfalls woanders, als wir jetzt sind, weit voneinander entfernt.

Am Hauptbahnhof wurde jemand niedergestochen, sagte mein Nachbar. Eine Prostituierte, wahrscheinlich. Auch in der nächsten Nacht fuhren die Krankenwagen wieder, und die Hitze hielt mich wach. Ich setzte mich vor dem Kühlschrank auf den Boden. Nichts ist ewig, dachte ich, auch ich nicht. Man lebt, man stirbt. So ist es, doch es fällt schwer, sich den eigenen Tod vorzustellen. Stattdessen dachte ich an Mutters und Vaters Küche. Den Vinylboden, die Abzugshaube, die Zeichnungen der Enkelkinder. Das Hochzeitsbild meines Bruders und seiner Frau, sie in Weiß, er in einem Anzug, der wie ein Beatmungsgerät aussieht. Sonntagnachmittag in der Provinz, und wenn ich die Augen schloss, sah ich einen entfernten Verwandten, der auf der Jagd nach Zimtkringeln den Kopf in die Gefriertruhe steckte.

Alles stand still. Jedes Mal, wenn meine Haut sich selbst berührte, klebte sie fest. Wenn ich noch wie mit neunzehn wäre, würde ich sofort zum Kastell radeln und baden, dachte ich, öffnete den Kühlschrank, zog das Gemüsefach heraus und steckte stattdessen meine Füße hinein.

Am nächsten Morgen bekam ich Lust, ins Hallenbad zu gehen. Das letzte Mal, als ich im Hallenbad war, war Emilie dabei, es muss wohl zur Schulzeit gewesen sein. *Dann wird es höchste Zeit*, sagte ich zu mir selbst, doch schon im Treppenhaus zweifelte ich an meinem Vorhaben. Ich hätte aufgeben können, aber in dieser Hinsicht sind wir nun mal nicht gleich, Emilie und ich. Ich gebe ungern auf.

Vor dem Hallenbad saß ein trinkendes Paar. Der Mann fächerte sich mit einer Broschüre Luft zu, die Frau kratzte sich an ihrem dünnen Hals. Beide hielten ein Bier in der Hand, und man sah, dass sie im Hallenbad gewesen waren, aber man sah auch, dass ihr Haar fettig in der Sonne glänzte. *Sie kriegen die Sauna einfach nicht repariert*, sagte der Mann, als ich mein Fahrrad anschloss, *und jedes Mal, wenn ein Schulkind ins Becken scheißt, machen sie dicht. Letzte Woche hab ich auf der tiefen Seite ein kleines Häufchen Scheiße entdeckt, und sie haben das ganze Becken geleert.* Ich beugte mich über den Gepäckträger und lauschte. *Sie haben das Wasser ausgetauscht, Schatz*, sagte die Dünne. *Und du brauchst dir keine Sorgen zu machen, wir gehen sowieso nie ins Tiefe.*

Es war zu spät umzukehren, und es würde sich lohnen, eine Zehnerkarte zu kaufen, sagte die Frau im Glaskäfig. Das tat ich und begab mich in den Umkleideraum, wo viele nackte Frauen vor verkratzten Spinden standen. Ich fange nie etwas an, ohne es zu beenden. Wenn ich es nicht durchziehe, fühle ich mich schwach, und wenn ich mich schwach fühle, greift es um sich. Ich wühlte in meinem Portemonnaie und allen Taschen nach einem Zehner für den Spind.

Brauchen Sie Kleingeld?, fragte eine Frau. Sie sah aus wie eine Inderin. *Ich bin zum ersten Mal hier*, sagte ich, und sie sagte: *Wenn Sie einen Zwanziger haben,* und klimperte mit zwei Zehnern auf der Hand. Sie wechselte mir das Geld, und ich wusste nicht, wo ich hinsehen sollte, als sie sich auszog. Ich begann mit den Schuhen, dann das T-Shirt und die Shorts, und ich, die ihre Kleider nie ordentlich zusammenlegt, faltete und strich, bis ich dachte: *Bitte schön, hier stehe ich. Flach wie ein Brett.*

Schräg gegenüber der Inderin war eine Dusche frei. Eine ältere Dame scheuerte ihren Körper, als wäre er ein Stück Dielenboden. Die indische Frau hingegen wusch sich systematisch: Hände, Füße, Gesicht. Es hatte etwas Rituelles, auch als sie die Badekappe aufzog.

Zwei Duschen weiter stand eine Frau mit einem Ladyshaver. Sie dünnte ihre Schambehaarung aus und führte den Rasierer über die Schamlippen, als wäre er ein Bogen und ihre Vulva eine Geige. Als sie sich umdrehte, sah ich, dass sie Amy hieß.

Ich wollte heim, aber ich kann nicht kneifen. Wie damals, als wir nach Grisetå Odde wateten. Emilie mit X-Beinen und ich mit dem Muttermal auf dem rechten Fuß, der nun im Hallenbad von Vesterbro am Abfluss stand, weit weg und in einer anderen Zeit, und es wunderte mich, dass mein Muttermal noch da war und noch immer wie Anholt aus der Luft aussah.

Die indische Frau zog ihren Badeanzug an, ich zog meinen Badeanzug an. Die indische Frau verließ den Duschraum, ich ging ihr hinterher. Sie hielt mir die Tür zu einer Treppe auf. Der Treppenaufgang war weiß und feucht, es roch nach Algen und Urin. Ich ging ein paar Schritte hinter der indischen Frau, die gesprungene Haut an den Fersen hatte. Sie öffnete die Tür zur Schwimmhalle, und ich folgte ihr. Sie trat ruhig an den Rand der schreienden Wasserhölle und zog die Badekappe fest an. Dann ging sie zur Treppe und stieg ins Wasser. Als ihr Körper zu fünfundsiebzig Prozent im Chlor versunken war, ließ sie sich verschlucken. Zuerst war sie nur ein Schatten im Wasser, dann tauchte sie in der dritten Bahn wieder auf.

Ich kann es nicht leiden, den Kopf unter Wasser zu bekommen, deshalb ging ich am niedrigen Ende zur vierten Bahn, ließ mich vorsichtig zu Wasser und schwamm los. Ich hielt Ausschau nach Fäkalien, sah aber keine. Ich beobachtete das Wasserspielzeug der lärmenden Kinder, dann sah ich einen stark behaarten Mann, der am niedrigen Ende der ersten Bahn stand. Er trug einen Schnorchel und tauchte jedes Mal unter, wenn eine Frau vorbeischwamm. Ich wollte zehn Bahnen schwimmen und dann nach Hause fahren. Ich dachte an Flüsse mit fernen Quellen. Ich dachte an die Karpfen im Wallgraben und das Licht in der Tiefe. Ich dachte an die Teichrosen, die Gänse und die schwere, organische Kühle. Ich wollte die Fahrrinne ignorieren und versuchte, mit geschlossenen Augen zu schwimmen, wobei ich auf die Bahn der Inderin geriet.

Bei der siebten Bahn taten mir die Hände

weh. Plötzlich, am tiefen Ende, glitt ein fleischfarbenes Wesen unter mir am Boden entlang. Ich ließ einen Schwimmzug aus, bekam Wasser in den Mund. Versuchte, Fuß zu fassen, aber unter mir war nichts. Mein Kopf tauchte mehrmals unter, ehe ich mich an die Abgrenzung der Bahnen klammerte. Ich tastete mich bis zum Rand durch, wo ich bei einem Einlass einen Absatz fand, auf dem ich stehen konnte. Die Gestalt am Boden des Beckens glitt zum Startblock. Ich starrte ihr hinterher, bis sie die Wasseroberfläche brach. Zuerst eine nasse Halbglatze. Dann zwei kleine, harte Augen und ein nasser Mund.

Ich hielt nach der indischen Frau Ausschau und sah gerade noch ihre Füße Richtung Umkleideraum verschwinden. Ich klammerte mich an den Rand und sah den Fleischfarbenen aus dem Wasser klettern. Er nahm ein Handtuch und trocknete sich ab. Dann warf er es über die Schulter und spazierte über meinem Kopf vorbei. Weiße, nasse Badehose, halbsteifer Schwanz und Schwimmbrille. Ich habe sie verloren, dachte ich und blickte genau in dem Moment über das Becken, als der Behaarte in der ersten

Bahn untertauchte, weil die Frau mit dem rasierten Geschlechtsteil vorbeikraulte. Und ich sah nach unten: Meine weißen Füße auf dem schmalen Absatz, unter mir die Tiefe, weiß und klinisch. Emilies Hand in meiner. Ein Schritt, der Sog, und hinab in andere Gefilde.